Werner Ablass

DAS KARRIERESPIEL

Roman

Werner Ablass

DAS KARRIERESPIEL

Roman

1. Auflage Dezember 2012
Copyright© 2012 by Werner Ablass Coaching

Lektorat: Albert Eisenring, Suisse
Umschlaggestaltung: Ingrid Lill, Herlufmagle, Dänemark
Satz, Gestaltung, Qualitätskontrolle: Albert Eisenring, Suisse

ISBN: 978-3-942634-08-3

Druck: Books-on-demand GmbH, Norderstedt

Werner Ablass Coaching
Hartmannstraße 24
74336 Brackenheim-Stockheim
Telefon: 07135-933777
info@wernerablass.de
www.wernerablass.de

Inhaltsverzeichnis

Der Sinn des Lebens ist das Leben selbst.

Johann Wolfgang von Goethe

ERSTER TEIL

1

Dunkle Wolken verfinsterten den Horizont. Die drücken-de, hochsommerlich heiße Luft roch nach Regen. Der Wind frischte auf. Das Laub auf den Bäumen tanzte und flirrte. Aus der Ferne ließ sich Donnergrollen vernehmen. Die drei Gymnasiasten, auf dem Weg von der Schule nach Hause, beschleunigten ihren Schritt.

Als sie auf die Straße gelangten, die von der Innenstadt Kaufbeurens nach Bad-Wörishofen führte, erblickten sie Blaulicht. Ein Unfall. Nur etwa hundert Meter von ihnen entfernt ein Polizeifahrzeug. Ihre Neugier ließ sie das na-hende Unwetter vergessen.

Eine Traube von Gaffern verstellte ihnen den Blick, als sie an der Unfallstelle eintrafen. Es gab kein Durchkommen. Dichtgedrängt standen die Menschen und reckten lüstern die Hälse.

Das Signalhorn eines Krankenwagens ertönte. „Platz da!" rief ein übergewichtiger Polizeibeamter mit hochrotem Kopf, „der Mann ist schwerverletzt, er braucht sofort ärztli-che Hilfe! Treten Sie zur Seite! Sofort!"

Nur widerwillig gehorchten die Schaulustigen. Aus dem Krankenwagen sprangen zwei Männer in weißer Dienstklei-dung, rissen die Hintertür auf. Eine Bahre wurde heraus gerollt, an beiden Enden ergriffen. Im Sturmschritt eilten die Männer zum Ort des Geschehens.

Die geöffnete Gasse im Zuschauerkreis gab den Blick auf den Unfallort frei. Thorsten sah ein umgestürztes Motorrad neben dem Bordstein liegen. Das Vorderrad war zur Acht verformt, abgerissene Speichen ragten hervor, das Glas der verbeulten Vorderlampe lag in zahllose Splitter verstreut auf dem heißen Asphalt herum. Ein Mann lag regungslos auf der Straße. Die Polizisten hatten ihn in Seitenlage gebracht. Thorsten konnte sein Gesicht nicht erkennen, nur eine Blutlache, die sich um seinen Kopf herum ausgebreitet hatte. Sein Magen revoltierte. Er wandte sich ab.

Seine Schulkameraden starrten wie gebannt auf das Unfallopfer. In ihren Gesichtern spiegelte sich helles Entsetzen. „Kannst du ihn sehen?" fragte Peter.

Wolfgang schüttelte den Kopf. „Nur seine Schuhe."

Der Verunfallte wurde behutsam auf die Bahre gehoben. Die Gaffer hatten den Kreis inzwischen wieder geschlossen.

„Nun treten Sie doch bitte zur Seite, verdammt noch mal!" brüllte der Polizeibeamte, dessen Halsadern anschwollen.

„Neugieriges Pack!" schimpfte ein kleinwüchsiger Zuschauer in der hintersten Reihe, obwohl er noch kurz zuvor selbst begierig, auf Zehenspitzen stehend, über die Schultern der andern zu blicken versuchte.

Das Gewitter war jetzt über ihnen. Blitze zuckten. Der Donner rollte und krachte, als würden Felsen zerbersten. Ein Platzregen ging hernieder und brachte den Straßenbelag zum Dampfen. Es roch nach feuchtem Asphalt. Doch kaum einer der kurze Zeit später völlig durchnässten Schaulustigen suchte das Weite.

Thorsten kämpfte mit sich, als die Bahre an ihm vorbei getragen wurde. Er wollte nicht hinsehen, doch seine Neugier war stärker. Als er auf das Gesicht des Mannes mit den blutverklebten Haaren blickte, erkannte er seinen Vater.

Thorsten glaubte nicht, was er sah. Es war wie in einem Alptraum. Er konnte nicht sprechen. Er konnte nicht schreien. Sein Mund war wie versiegelt. Er stand wie angewurzelt. Es war ihm unmöglich, der Bahre zu folgen. Den Vater anzusprechen. Ihn anzuflehen, am Leben zu bleiben. Seine Mutter und ihn nicht alleine zu lassen. So jung wie er war. Erst elf Jahre alt. Seine Knie wurden butterweich und zwangen ihn in die Hocke. Heiße Tränen liefen ihm übers Gesicht, vermischten sich mit dem hernieder prasselnden Regen.

Auch seine Schulkameraden, öfter bei ihm zu Besuch, hatten das Unfallopfer erkannt. Sie standen wie angegossen, sahen zu Boden, hilflos, wussten kein Wort des Trostes zu sagen.

Der Krankenwagen fuhr mit heulender Sirene und hoher Geschwindigkeit ab. Thorsten saß immer noch in der Hocke, den gesenkten Kopf in beiden Händen verborgen.

Die Schaulustigen hatten es plötzlich eilig. In weniger als einer Minute war die Straße wie leer gefegt. Nur die drei Jungen waren noch da. Und die Polizisten. Einer von ihnen saß bereits im Wagen, um sich vor dem sintflutartigen Regen zu schützen.

„Was macht ihr noch da? Schert euch fort! Gibt nichts mehr zu sehen!" schnauzte der andere Uniformierte sie an,

wischte sich mit eingezogenen Schultern über das regennas-
se Gesicht und trat auf sie zu, um sie zu verscheuchen.

„Der Mann auf der Bahre – es war sein Vater", stieß Peter hervor und wies dabei auf Thorsten.

Der Polizist erstarrte, beugte sich dann teilnahmsvoll zu
Thorsten hinab, strich ihm über das feuchte Haar. „Komm
Junge, steig' bei uns ein, wir bringen dich heim."

2

Der Himmel war noch wolkenverhangen, als Thorsten mit seiner Mutter am Spätnachmittag ins Krankenhaus fuhr. Sie hatte zuvor nur das Nötigste zusammengepackt. Morgenmantel, Schlafanzug, Toilettenartikel.

Während sie fuhren, dachte Thorsten an die vielen Motorradfahrten, die sein Vater mit ihm unternommen hatte. Nie war etwas passiert. Für ihn war der Vater der beste Motorradfahrer der Welt. Und nun lag er mit blutendem Schädel im Kreiskrankenhaus. „Muss Vati sterben?" fragte er mit belegter Stimme.

Eva Klüwer hatte vor der Fahrt ihre Sonnenbrille aufgesetzt, damit man ihre vom Weinen geröteten Augen nicht sah. „Sie werden alles tun, um deinen Vater zu retten." Es war die einzig wahre Antwort, die sie ihm zu geben vermochte.

Sie erkundigte sich am Informationsschalter, in welchem Zimmer ihr Mann lag. Die Krankenschwester sah nach: „Intensivstation, Zimmer 101, im ersten Stock. Aber Sie können da nicht einfach hinein gehen. Melden Sie sich bitte zuerst beim diensthabenden Arzt."

Eva Klüwer atmete tief durch, nickte zustimmend, nahm Thorsten fest bei der Hand und begab sich wie in Trance zur Treppe. Als sie am Zimmer 101 vorbei ging, wurde diese geöffnet. Ein hagerer Priester mit schlohweißem Haar trat heraus.

Eva Klüwer erstarrte. „Was ist mit meinem Mann?"

Der Geistliche trat auf sie zu. „Sie sind Frau Klüwer?"

Sie nickte.

„Frau Klüwer, ich habe Ihrem Mann gerade die letzte Ölung gegeben."

Thorsten wusste nichts mit dem Begriff anzufangen. Aber er hatte bemerkt, wie seine Mutter zusammen gezuckt war, als der Kirchenmann ihn ausgesprochen hatte.

Der Priester nahm sie bei der Schulter. „Kommen Sie, ich begleite Sie zum diensthabenden Arzt."

Thorsten musste auf dem Gang bleiben, als seine Mutter das Büro des Arztes betrat. Der Priester beugte sich zu ihm hinab und tätschelte seine Wange. „Die Besprechung wird nicht lange dauern, mein Junge."

„Letzte Ölung, was bedeutet das?" fragte Thorsten.

Der Priester legte beide Hände auf seine Schultern. „Dein Vater muss operiert werden, weißt du. Deshalb beten wir vorher um Gottes Beistand."

„Und warum heißt es dann *letzte* Ölung?"

Das Gesicht des Geistlichen wurde todernst. Er rang nach Worten. „Bei einer Operation weiß man nie, wie sie ausgeht, mein Kind. Und wenn sie misslingen würde, obwohl wir beten, dass sie gelingt, dann muss dein Vater vor Gottes Angesicht treten. Die letzte Ölung bereitet ihn darauf vor."

Seine Mutter trat aus der Tür. Kreidebleich. Thorsten hatte sie noch nie so gesehen. Sie hatte Mühe, sich auf den Beinen zu halten.

„Mutti, Mutti, was ist denn, was ist?" rief Thorsten voller Angst und Verzweiflung.

Unmöglich konnte sie ihm erzählen, was ihr der Arzt soeben mitgeteilt hatte. „Wir müssen seinen Schädel aufsägen, um ein Blutgerinnsel zu entfernen, das sein Leben bedroht. Da sein Zustand labil ist, müssen Sie mit dem Schlimmsten rechnen. Es tut mir sehr leid." Sie nahm sich zusammen, konnte jedoch nicht vermeiden, dass ihr die Tränen aus den Augen stürzten.

„Vati muss vor das Angesicht Gottes treten, stimmt's?" schluchzte Thorsten und schlang die Arme um seine Mutter.

„Haben Sie ihm das gesagt?" Eva Klüwer sah den Diener der römisch katholischen Kirche vorwurfsvoll an.

„Nein, nein, das heißt, eigentlich ja, doch nur weil er fragte, was letzte..."

Eva Klüwer ließ ihn den Satz nicht zu Ende sprechen. Sie war schon vor Jahren aus der Kirche ausgetreten und hielt von ihren Vertretern ebenso wenig, wie von ihren Zeremonien und tröstenden Worten. „Komm", sagte sie zu ihrem Sohn, nahm ihn bei der Hand und wandte sich grußlos von dem Seelenhirten ab, „Dein Vater wird es schon schaffen." Sie schluchzte laut auf. „Er muss es ganz einfach schaffen!"

Zwei Stunden später war Jens Klüwer tot. Er starb noch während der Operation.

3

Eva Klüwer trauerte zwei Jahre um ihren Mann. Doch die schöne, lebenshungrige Frau war mit fünfunddreißig noch viel zu jung, um ihr Dasein als Witwe zu beenden. Drei Jahre später, am 3. Oktober 1963, heiratete sie Jakob Leiding. Der stattliche Mittvierziger mit dem vollen, graumelierten Haar, den stahlblauen Augen und markanten Gesichtszügen besaß ein Groß- und Einzelhandelsgeschäft, das Feuerlöscher vertrieb und hohe Gewinne abwarf.

Schon ein halbes Jahr vor der Eheschließung waren sie in sein imposantes Haus umgezogen, in dem Thorsten das riesige Dachstudio bewohnen durfte. Sein Vater, der ein unvermögender Arbeiter war, hatte sich lediglich eine beengte Mietwohnung leisten können, in der Thorsten in einem winzigen Zimmer hauste. Doch all der äußere Reichtum – das riesige Haus, die exklusiven Möbel, der Pool im gepflegten Garten – vermochte ihn nicht zu beeindrucken. Nicht nur, dass der neue Mann seiner Mutter keinem Vergleich zu seinem geliebten Vater standhielt, an dem noch immer sein Herz hing. Er sollte sich auch als berechnender Ausbeuter und eiskalter Lügner erweisen. Obwohl er seiner Mutter versprochen hatte, ihn wie seinen eigenen Sohn behandeln zu wollen, spürte Thorsten von Anbeginn der Beziehung, wie wenig er für ihn empfand, ja, dass er ihn als notwendiges Übel der Eheschließung mit seiner Mutter betrachtete und am liebsten los werden würde.

Nie hatte Thorsten auch nur den Versuch unternommen, der Mutter seinen Eindruck zu schildern, weil er bemerkte, wie sehr sie aufgeblüht war, seit sie mit dem gut situierten Geschäftsmann zusammen lebte. Thorsten liebte sie viel zu sehr, um ihrem Glück im Wege zu stehen.

Im ersten Jahr nach der Hochzeit spürte Thorsten die Ablehnung des Stiefvaters nur, wenn er sich in seiner Nähe befand, besonders wenn er mit ihm allein war, doch danach äußerte sie sich auch in seinem Handeln. Der Stiefvater nahm Thorstens schulischen Leistungsabfall zum Anlass, um seine Mutter davon zu überzeugen, ihn vom Gymnasium zu nehmen. Warum sollte man den Jungen denn weiterhin quälen? Es eigne sich eben nicht jedermann zum Abitur. Auch er habe schließlich keine höhere Schule, noch nicht einmal einen Lehrabschluss habe er und dennoch sei etwas aus ihm geworden. Thorsten könne in seiner Firma eine zweijährige Lehre als Kundendiensttechniker machen. Zwar wäre dies keine anerkannte Ausbildung mit Abschluss, doch wenn er gut sei, wovon er sich überzeugt gab, würde er schon bald viel Geld verdienen und eines Tages ohnehin sein Nachfolger werden.

Thorsten wehrte sich vehement, als seine Mutter ihn zaghaft und mit stockenden Worten von dem Plan des Stiefvaters, der es doch nur gut mit ihm meine, zu überzeugen versuchte. Unvorstellbar schien es ihm, mit den raubeinigen Mitarbeitern der Firma Kunden aufzusuchen, um Feuerlöschgeräte zu prüfen und zu montieren. Doch er gab seinen Widerstand auf, als seine Noten im nachfolgenden Schuljahr noch schlechter wurden und seine Versetzung gefährdet erschien.

Kurz nachdem seine Entscheidung gefallen war, rief der Stiefvater einen Mitarbeiter in sein Büro, mit dem er seit langem per Du war. Auf seine Diskretion war Verlass. „Hans, der Sohn meiner Frau wird ab nächster Woche in der Firma arbeiten. Du nimmst ihn mit auf die Tour."

Der übergewichtige Glatzkopf saß vor Leidings Schreibtisch, kappte gerade die Spitze einer Havanna Zigarre, die sein Chef ihm kurz vorher angeboten hatte, drehte sie in der Hand und erwärmte dabei das Brandende mit einem Streichholz. „Warum gerade ich?" fragte er wie nebenbei.

„Weil du der einzige bist, der mit solchen Pfeifen richtig umgehen kann. Nimm ihn so richtig ran. Dem muss vor Anstrengung das Arschwasser kochen und abends muss der so kaputt gearbeitet sein, dass ihm die Flausen vergehen."

„Was denn für Flausen, Jakob?"

Leiding beugte sich über den Schreibtisch. „Der Rotzlöffel meint doch, er sei der Größte. Schmökert andauernd in schlauen Büchern und bildet sich weiß Gott was drauf ein. Doch den Beweis für seine Intelligenz, den ist er uns bis heute schuldig geblieben. Er ist so grottenschlecht in der Schule, dass wir ihn runter nehmen mussten. Dem werden wir jetzt erst mal die Hammelbeine lang ziehen."

Leitner lachte über das ganze Gesicht, dessen augenfälligstes Merkmal ein vom Amateurboxen in jungen Jahren platt geschlagenes Nasenbein war. „Dann kommt uns ja meine nächste Tour gerade recht."

„Wohin fährst du denn?"

„Zu unseren vornehmsten und höflichsten Kunden." Leitner steckte die Zigarre in Brand.

„Etwa zu unseren netten Bauern im tiefsten Allgäu?"

„Genau!"

Leiding schlug sich vergnügt auf die Schenkel. „Ich wusste doch, dass du der richtige Mann für diese Aufgabe bist." Er streckte ihm die Hand entgegen und drückte sie freundschaftlich. „Übrigens, wenn meine Frau auf dich zukommen sollte und sich bei dir beschwert, weil er ihr irgendwelche Geschichten erzählt, dann lügt dieser Rotzlöffel natürlich das Blaue vom Himmel herunter. Verstehen wir uns?"

„Mach dir keine Sorgen, Jakob. Der wird es noch nicht mal wagen, ihr irgendwelche Storys zu erzählen. Verlass dich darauf." Genussvoll zog er an seiner Zigarre und stieß den Rauch in kurzen Abständen aus.

4

Jeder Wochentag begann frühmorgens um sechs. Gleich nach dem Frühstück bestand die erste Aufgabe Thorstens darin, die sechs und zwölf Kilogramm schweren Löscher von der Werkstatt in den Lieferwagen zu schleppen. Um halb acht fuhren sie los.

Als er seine Pseudolehre begann, war es tiefster Winter und bitterkalt. Das Barometer zeigte zweiundzwanzig Grad unter null, hoher Schnee bedeckte die Berglandschaft im Allgäu, mächtige Eisspeere hingen von den Dachrinnen herab und über die Fensterscheiben der Bauernhäuser rankten sich phantasievolle Blumenmuster des Frostes.

Die Atmosphäre im Auto war ebenso eisig. Während der ganzen Fahrt, die sie ins tiefste Allgäuer Hinterland, nach Oberstdorf und Hindelang führte, sprach Leitner kein Wort. Thorsten machte sich anfangs keine Gedanken darüber. Er hielt den über fünfzig Jahre alten Monteur schlicht für einen wortkargen Menschen. Doch da täuschte er sich. Denn bei den Bauern taute der Grobian auf. Während Thorsten aus den zugigen, kalten Ställen und Scheunen die eiskalten Feuerlöscher mühevoll aus ihren fest gefrorenen Verankerungen löste, die Deckel abschraubte, das Löschpulver zur Prüfung durch ein Sieb schüttete, verklumptes Pulver durch neues ersetzte und die Sauerstoffflaschen mit einem Messgerät auf ihren Druck prüfte, um die schweren Geräte anschließend wieder an der Wand aufzuhängen, saß Leitner mit den Landwirten im warmen Wohnraum, trank mit ihnen flaschenweise Bier, paffte Zigarren und hatte eine lustige Geschichte nach der anderen zu erzählen.

Pro Tag besuchten sie bis zu zehn Kunden, was bis zu zwanzig Löschern entsprach, die dabei geprüft werden mussten. Für den fünfzehnjährigen Jungen war das Schwerstarbeit, die ihn körperlich überforderte und erschöpfte. Vor sieben Uhr abends waren sie zumeist nicht zu Hause. Leitner erteilte nur Befehle und Anweisungen. Es fiel ihm nicht im Traum ein, selbst mit Hand anzulegen.

Die ersten Wochen hatte Thorsten keinen Einwand erhoben, denn Leitner hatte seine Untätigkeit mit einer Sehnenscheidenentzündung gerechtfertigt. Als sich jedoch in der Folgezeit am Verhalten Leitners nichts änderte, sprach Thorsten ihn während der Autofahrt an. „Geht das eigentlich immer so weiter, Herr Leitner?"

„Was meinst du?" knurrte er.

„Dass ich immer alles allein machen muss."

„Ja hör dir sich das einer an! Erst ein paar Wochen bei uns und schon Ansprüche stellen. Meinst wohl, weil du der Stiefsohn vom Alten bist, kannst du aufmucken, was?"

„Leiden Sie denn immer noch an dieser Sehnenscheidenentzündung?"

„Ja freilich. Was denkst du denn? Das ist eine langwierige Sache. Manchmal wird sie sogar chronisch."

„Herr Leitner, sagten Sie nicht, Sie könnten überhaupt nichts mehr heben?"

Leitner warf ihm einen bösen Blick zu. „Was soll diese Fragerei? Natürlich kann ich nichts heben."

„Ich habe aber gesehen, wie Sie dem Hinterhuber einen vollen Bierkasten mit zwanzig Flaschen vom Traktor in die Wohnstube brachten."

Leitner brüllte: „Ja ist es zu fassen! Nur weil ich ihm unter größter Anstrengung eine Gefälligkeit tat, meinst du, ich mach dir was vor!?"

„Das habe ich nicht gesagt."

„Aber gedacht. Na warte ab, Freundchen, das hat ein Nachspiel."

5

Einen Tag später kürzte ihm der Stiefvater wegen seiner Aufmüpfigkeit den vereinbarten Lehrlingslohn. Außerdem erhielt er vier Wochen Ausgeh- und Fernsehverbot. Als Leiding merkte, dass sich der Stiefsohn aus diesen Verboten nur wenig machte, ergriff er eine andere Maßnahme.

Als Thorsten eines Abends sein Zimmer betrat, waren all seine Bücher verschwunden. Die Bücher waren seine besten Freunde geworden. Da er zu den meisten seiner früheren Mitschüler keine Verbindung mehr hatte, seit er das Gymnasium verließ, waren die Bücher alles, was ihm in seiner begrenzten Freizeit noch blieb. Er lief hastig die Treppen hinunter. Seine hübsche Mutter stand vor dem Spiegel, putzte sich für einen Theaterbesuch heraus und legte sich gerade eine Halskette mit echten Brillanten um. Er trat hinter sie. „Weißt du, dass er mir meine Bücher weg nahm?" fragte er sie zornig erregt.

„Er hat es mir gesagt, ja."

„Du weißt es und hast nichts unternommen, um ihn daran zu hindern?"

„Kannst du mir bitte mal beim Schließen der Halskette helfen. Das verdammte Ding geht nicht zu."

Er nahm sie bei den Schultern und schüttelte sie. „Mutti, Mutti, wach auf! Er hat mir meine Bücher geklaut! Du weißt doch was Sie mir bedeuten!"

„Thorsten, du tust mir weh!" Die Kette war zu Boden gefallen. Sie wollte sich zu ihr hinab bücken, doch Thorsten hielt die Mutter fest. „Sag ihm, dass er das nicht tun darf. Nicht das!" schrie er in hilfloser Wut.

Ein harter Schlag traf ihn ins Gesicht. Die Ohrfeige war so heftig gewesen, dass er zu Boden gestürzt war. „Wirst du wohl deine Mutter loslassen, Lümmel!" Sein Stiefvater, den er unter der Dusche vermutet hatte, stand, beide Fäuste in die Hüften gestemmt, über ihm.

Thorsten richtete sich auf, hielt sich die schmerzende Wange. Die festlich gekleidete Mutter tupfte ihm mit einem Papiertaschentuch die blutende Nase. „Aber Jakob", lamentierte sie, „das war doch nicht nötig. Du solltest Thorsten nicht schlagen. Er hat mich nur nach den Büchern gefragt. Musste es denn wirklich sein, dass du sie ihm wegnahmst?"

„Das nennt man Erziehung, mein Schatz. Und die fehlt diesem verzogenen, eingebildeten Burschen. Sein Vater scheint ja nicht den geringsten Wert darauf gelegt zu haben, diesem Saukerl Manieren beizubringen."

„Lass meinen Vater aus dem Spiel", erwiderte Thorsten erbittert, „und gib mir meine Bücher zurück. Du hast kein Recht, sie mir wegzunehmen. Es sind *meine* Bücher."

„Deine Bücher? Mach mal die Augen zu. Was du dann siehst, gehört dir."

„Ich hab sie von dem Geld gekauft, das ich mir verdiente. Und einige hatte ich schon, bevor ich hier wohnte."

„*Du* hast *dir* was verdient?" Leiding lachte höhnisch. „Alles was du dir bisher verdient hast, sind Prügel. Wenn deine Mutter nicht wäre, würde ich dir eine Abreibung verpassen, die du dein Leben lang nicht vergessen würdest, du Nichtsnutz!"

„Jakob", sagte er, wobei seine Stimme ganz leise wurde, „warum hasst du mich eigentlich so? Ich habe dir doch nichts getan. Mache ich nicht alles, was du von mir verlangst?"

Der Stiefvater stutzte und glotzte erstaunt, da er mit empathischen Reaktionen überhaupt nicht umgehen konnte, dann hatte er sich gefasst und war wieder der Alte. „Ich hör wohl nicht richtig. Du undankbares Geschöpf. Sitzt hier herum wie eine Made im Fett. Hat alles, was sich ein junger Mann wünschen kann. Und was machst du? Hängst nur herum und liest Bücher. Anstatt deinen Arsch in Bewegung zu setzen. Von der Schule bist du geflogen..."

„Ich bin nicht geflogen! *Du* wolltest doch, dass ich die Schule verlasse!"

„Hast du das gehört Eva? *Ich* wollte, dass er die Schule schmeißt! Das ist doch wirklich die Höhe! Genau das Gegenteil ist passiert. Als klar war, dass du die Schule nicht packst, hab ich dir einen Job angeboten. Was sage ich: einen Job, du sollst sogar eines Tages mein Nachfolger werden. Und was ist der Dank? Dass du meinen besten Mitarbeiter maßregelst. Lehrjahre sind keine Herrenjahre. Das ist die Lektion, die du lernen musst. Und bis dir das klar wird, wirst du auf diese Scheiß Bücher verzichten, die dich noch arbeitsscheuer machen, als du es ohnehin bist. Aus. Basta. Ende der Diskussion!" Er wandte sich seiner Frau zu. „Komm jetzt Eva, wir kommen sonst zu spät ins Theater."

Sie seufzte und warf Thorsten einen um Nachsicht flehenden Blick zu, bevor sie ihm folgte wie ein gehorsames Hündchen.

In dieser Nacht wurde Thorsten klar, dass er nicht nur seinen Vater, sondern auch seine Mutter verloren hatte. Es gab nichts mehr, was ihn bei ihr hielt. Sie war nur noch physisch vorhanden, ihr Herz gehörte ihm schon lange nicht mehr. Er fasste einen festen Entschluss. Sobald er achtzehn Jahre alt wäre, würde er dieses Haus verlassen. Solange würde er durchhalten müssen. Es war schon dunkel, als er zum Friedhof rannte und dies am Grab seines Vaters gelobte.

6

Es war nur dieser Vorsatz, der ihm die Kraft gab, die nächsten eineinhalb Jahre durchzuhalten. Denn Jakob Leiding tat alles, um den Keil zwischen ihm und seiner Mutter immer tiefer zu treiben. Seinen Mitarbeiter Hans Leitner hetzte er auf, seiner Mutter Lügen über ihn zu erzählen. Frech und aufsässig sei er ihm gegenüber, faul und nachlässig in seiner Arbeit, den Kunden begegne er arrogant und hochnäsig. Und die Mutter, dem attraktiven und gleichermaßen herrschsüchtigen Manne hörig geworden, war unfähig, sich zu behaupten oder gar vor Thorsten zu stellen. Vielmehr blies sie in sein Horn, stellte ihren Sohn zur Rede, maßregelte ihn wegen kleinster Nachlässigkeiten, stellte sich in zunehmendem Maße hinter die sogenannten Erziehungsmaßnahmen seines Stiefvaters. Selbst als der ihn vom Dachstudio in ein kleines, dunkles Zimmer im Kellergeschoß verbannte, legte sie kein Veto ein.

Meistens war Thorsten in seine Bücher vertieft, die er allerdings erst vier Monate nach dem Strafentzug wieder erhielt, doch selbst die wenigen Nachbarskinder, mit denen er Umgang pflegte, durfte er nicht zu Hause empfangen. Als der Stiefvater einmal aus dem Keller laute Rockmusik hörte und ihn dort mit Liane, der attraktiven Nachbarstochter, bei einem harmlosen Flirt überraschte, schickte er sie sofort nach Hause und verbot ihm, sie jemals wieder einzuladen. Er solle sich besser um sein berufliches Vorankommen kümmern, anstatt sich mit solch billigen Flittchen einzulassen.

Wenn er sich von da an mit ihr traf, musste er stets Vorkehrungen treffen, damit Leiding es nicht erfuhr.

Wie sehr ihm auch der grundlose Hass seines Stiefvaters das Leben schwer machte, viel schlimmer war, als er feststellen musste, dass seine Mutter dem Alkohol zusprach. Zunächst war sie nur am Abend betrunken, doch schließlich griff sie auch tagsüber immer öfter zur Flasche. Es waren harte Getränke – Whisky, Kognak, Wodka – mit denen sie ihre Gewissensbisse und Skrupel ihm gegenüber zu ertränken versuchte. Die Trunksucht seiner Frau war Leiding unerträglich, außerdem fürchtete der stadtbekannte Geschäftsmann um seine Reputation und so kam es immer öfter zum Streit zwischen ihnen. Thorsten musste mit anhören, wie er sie zum Teufel wünschte und als labiles, versoffenes Weibsbild beschimpfte. Türen knallten. Die Mutter heulte. Der Stiefvater schrie. Porzellan zersplitterte an der Wand, wenn der cholerische Mann im Wutanfall Tassen und Teller an die Wand warf.

Thorsten konnte sich nur mühsam beherrschen, wann immer Feuer auf dem Dach war. In seinen Gedanken hatte er diesen Mann, der ihr Leben zerstörte, schon mehr als einmal ermordet.

Einmal am späten Abend – der Stiefvater hatte das Haus wieder einmal wütend verlassen – kam seine Mutter nach einem wüsten Streit auf sein Zimmer, kniete betrunken vor ihm nieder und weinte herzzerreißend. „Thorsten", sagte sie mit bebender Stimme, „sag mir, was ich falsch gemacht habe. Sag es mir. Bitte!"

„Du hast gar nichts falsch gemacht, Mutti."

„Oh doch, Thorsten, ich habe alles falsch gemacht, was man nur falsch machen kann."

Ein Funken Hoffnung glimmte in ihm auf. Vielleicht bestand ja doch noch die Chance, sie zur Einsicht zu bringen. Sie wiederzugewinnen. Mit ihr zusammen das Haus zu verlassen. Neu zu beginnen. Irgendwo, weit weg von dieser Stadt und dem ungerechten Regiment Jakob Leidings. „Mutti, ich mache dir keinen Vorwurf. Nur weg musst du. Du musst dich trennen von ihm. Je eher, desto besser. Er hat uns auseinander gebracht. Er ist schuld, dass du trinkst. Nur er ganz allein."

Erschöpft legte sie ihren Kopf auf seinen Schoß. „Du hast recht", stieß sie hervor, „ich kann nicht mehr, der Alkohol bringt mich noch um. Er ist so ein Scheusal. Er hasst dich und jetzt hasst er auch mich. Du hast recht. Ich muss weg von ihm, bevor es zu spät ist." Wieder begann sie zu schluchzen.

Er strich zärtlich über ihr seidenweiches, blondes Haar. „Mutti, ich bin dabei. Wir werden woanders hinziehen. Wir brauchen ihn nicht, und auch nicht all das Geld. Weißt du, wie glücklich wir waren, als Vater noch lebte?"

Sie hob ihren Kopf, sah ins Leere. „Ja, dein Vater, das war ein Mann. Er war nicht reich, er machte sich überhaupt nichts aus Geld, aber er hatte Herz. Ach Thorsten, ich glaube, du kommst ganz nach ihm." Sie erhob sich schwerfällig, küsste ihn auf die Wange und wankte zur Tür. Bevor sie hinausging, wandte sie sich zu ihm um. „Ich kann nicht mehr klar denken", lallte sie, „Gleich morgen früh werden wir noch einmal über alles sprechen. Okay?"

Am nächsten Tag war alles beim alten. Als hätte es dieses Gespräch nie gegeben. Danach kam sie auch nie wieder zu ihrem Sohn, um ihm ihr Leid zu klagen. Und er machte auch keinen Versuch mehr, um seine Mutter zu retten.

ZWEITER TEIL

7

Die Agentur hatte für die Bewerbergespräche eines der feinsten Hotels in München ausgewählt. Das machte Eindruck auf junge Leute, die ein gewisses Niveau hatten und welche man neuerdings einstellen wollte. Sie sollten zumindest wie Studenten aussehen, wenn sie auch alles andere als Studenten waren.

Durch die automatische, gläserne Drehtür am Eingang des Hotels *Unter den Linden* gelangte man in das beeindruckende Foyer. Die Polster der Sitzgruppen bestanden aus weichem braunem Leder, der Fußboden aus geädertem weißem Marmor, die Pfeiler waren bis auf halbe Höhe spiegelverglast. Ein imposanter Kronleuchter hing von der Decke herab. Gemälde in kunstvollen Rahmen schmückten die Wände. Vorhänge aus rotem Samt zierten die hohen Fenster. Indirektes Licht an den Wänden verlieh dem Raum trotz seiner Größe Wärme und Behaglichkeit.

Adolf Mooshammer saß über ein Bewerbungsschreiben gebeugt und strich sich dabei über den akkurat gestutzten Schnauzbart. Es war ungewöhnlich in der Branche, dass sich Interessenten schriftlich bewarben. Die meisten meldeten sich telefonisch auf die Zeitungsannonce, wurden dabei über den Treffpunkt informiert und sprachen einen Gesprächstermin ab. Bevor die Agentur ihre Strategie änderte, gabelte man Interessenten auf Bahnhöfen oder in Trinkhallen auf, und ließ sich lediglich den Personalausweis zeigen, bevor sie für den Job trainiert wurden. Man beschäftigte sogar junge Leute, die, aus welchen Gründen auch immer, keinen Ausweis vorweisen konnten.

Außer Mooshammer befanden sich nur einige wenige Gäste an den übrigen Tischen, an der Rezeption checkte gerade ein nobel gekleideter Herr ein. Der Ober in Livree stellte ein Kännchen Kaffee und ein Glas Mineralwasser auf dem Glastisch ab. Mooshammer sah auf, bedankte sich nachlässig und sah auf die Uhr. Kurz vor vier. Er atmete auf. In wenigen Minuten begann sein letztes Gespräch an diesem Tag. Der Bewerber, ein achtzehnjähriger Kundendiensttechniker aus Kaufbeuren, noch nicht mal volljährig und eigentlich viel zu jung für den knallharten Job, sinnierte Mooshammer. Aber was spielte das schon für eine Rolle. Erfolgsentscheidend waren das Talent und der Fleiß. Mooshammer erhob sich und rückte seine Krawatte zurecht. Knöpfte den mittleren Knopf seiner schwarzen Anzugjacke zu. Betrachtete sich noch einmal im Spiegel am Pfeiler. Dann machte er sich auf den Weg zum Eingang.

Mooshammer erkannte Thorsten Klüwer sofort, als der die Drehtür durchschritt. Der schlaksige junge Mann mit der ovalen Gesichtsform, dem dunkelbraunen, seitlich gescheitelten Haar und dem energischen Kinn unterschied sich kaum von dem Foto, das ihm mit den Bewerberunterlagen zugesandt worden war. Mooshammer trat auf ihn zu und reichte ihm die Hand. „Herr Klüwer, nehme ich an?"

„Ganz richtig. Thorsten Klüwer. Grüß Gott."

„Ich bin Adolf Mooshammer, schön dass Sie so pünktlich kommen. Wollen wir uns setzen?"

„Setzen? Natürlich! Ganz wie Sie wollen." Thorstens Aufregung war unüberhörbar und unübersehbar. Der lang ersehnte neue Lebensabschnitt begann. Vorgestern war er achtzehn geworden. Während er dem untersetzten Mann folgte, wäre er beinahe über einen Teppichabsatz gestolpert.

„Was möchten Sie trinken?" fragte Mooshammer, nachdem sie Platz genommen hatten.

„Mineralwasser bitte."

Mooshammer winkte den Ober herbei und bestellte eine Flasche Appolinaris. „Also Herr Klüwer, was hat Sie denn bewogen, sich bei uns zu bewerben?"

„Ich möchte so schnell wie nur möglich viel Geld verdienen, um mir eine eigene Existenz aufzubauen."

„Hört sich an, als hätten Sie unsere Annonce auswendig gelernt?" bemerkte Mooshammer ironisch und zitierte den Anzeigentext: „Sie sind jung, sofort abkömmlich und wollen möglichst schnell viel Geld verdienen. Bis zu tausend Mark in der Woche. Dann sind Sie richtig bei uns. Wir sorgen für Kost und Logis."

„Ich kenne sie in und auswendig ja, aber was ich sagte, ist mein voller Ernst!"

„Ich glaub's Ihnen ja. Nur eines muss klar sein." Er beugte sich weit nach vorn und sein Gesichtsausdruck wurde ernst. „Sollten Sie was auf dem Kerbholz haben, sagen Sie es lieber gleich, denn früher oder später kommt es sowieso raus."

„Seh' ich etwa so aus?" fragte Thorsten forsch.

Mooshammer lachte amüsiert. Der junge Mann sah wirklich nicht aus wie ein Krimineller. Auch nicht wie einer von diesen langhaarigen Gammlern oder Hippies, die seit etwa einem Jahr überall in der Stadt herumhingen. Das intelligente Gesicht, die ordentliche Kleidung, die blank polierten Schuhe, die guten Manieren – Mooshammer hatte durch jahrelange Erfahrung einen Blick für zwielichtige Typen, auch wenn sie sich unter feinem Zwirn verbargen. „Gut pariert junger Mann. Sie gefallen mir Thorsten. Ich darf doch Thorsten sagen?"

„Natürlich."

„Ich will Ihnen den Hintergrund meiner Frage erklären. In unserer Branche sind nämlich leider nicht alle so sauber gekleidet und gut erzogen wie Sie. Das schnelle Geld lockt leider auch viele Schmeißfliegen an."

„Was ist das denn für eine Branche?"

„Unser Geschäft besteht vor allem darin, den Menschen Gutes zu tun."

„Und das wäre?"

„Zeit ist Geld. Diesen Spruch kennen Sie doch?"

Thorsten nickte.

„Wenn die Leute sich für unser Angebot entscheiden, gewinnen sie Zeit. Und das ist doch gut, oder nicht?"

„Ein enormer Vorteil, überhaupt keine Frage."

„Na sehen Sie." Mooshammer steckte sich eine Zigarette an. „Die eingesparte Zeit können die Leute für andere, wichtigere Dinge im Leben verwenden. Obwohl sie das, was sie von uns kaufen, keinen Pfennig mehr kostet als zuvor. Hört sich das interessant an?"

„Und ob! Um welches Produkt handelt es sich denn?"

„Darauf komme ich gleich. Zuerst möchte ich Ihnen noch einen weiteren Produktvorteil schildern. Rauchen Sie?"

„Ab und zu."

Er wies auf das Zigarettenpäckchen auf dem Glastisch. „Bedienen Sie sich, wenn Sie wollen."

Thorsten nahm das Angebot an.

„Ist es Ihnen schon mal passiert, dass Ihnen zuhause die Zigaretten ausgingen?"

„Natürlich."

„Und dann mussten Sie womöglich einen gemütlichen Fernsehabend unterbrechen und bei miesen Wetter zum nächsten Automaten latschen. Richtig?"

„Schon erlebt. Das war ätzend."

„Ätzend, genau das ist das richtige Wort. Wenn die Leute unser Angebot annehmen, gibt es solche Situationen nicht mehr. Selbst wenn Sie Alzheimer hätten und sich noch nicht einmal mehr ihren eigenen Namen merken können: Jede Woche erhalten sie pünktlich, was Sie sich ansonsten womöglich zu kaufen vergessen."

„Nun bin ich aber wirklich gespannt, um welches Produkt es sich handelt."

„Um etwas, das jedermann braucht und in jedem Fall kauft. Gleichgültig ob er auf unser Angebot eingeht oder nicht. Es handelt sich um Informationen. Wichtige und unwichtige. Erfreuliche und traurige. Wahre und erfundene. Na Thorsten? Läuten die Glocken?"

„Immer noch keine Ahnung, ehrlich gesagt."

„Ganz einfach, wenn die Leute unser Angebot annehmen, müssen Sie Ihre Zeitschriften, Magazine und Illustrierten nicht mehr am Kiosk kaufen, sondern bekommen sie frei Haus geliefert. Woche für Woche. Monat für Monat. Sogar Jahr für Jahr, wenn sie wollen."

„Und... wo ist der Haken?"

Mooshammer ließ ein Lachen vernehmen, das einem gackernden Huhn nicht unähnlich war. „Aus diesem Grund brauchen wir Leute wie Sie. Denn nicht nur Sie, beinahe jeder Mensch glaubt, bei einem solchen Superangebot, da gibt es sicherlich einen Haken. Und jetzt kommen Sie ins Spiel, Thorsten: Sie sollen die Leute davon überzeugen, dass es diesen Haken nicht gibt. Die einzige Bedingung für unseren Service besteht darin, dass die Leute die Zeitschrift für ein Jahr abonnieren."

„Sie zahlen keinen Pfennig mehr für den Service?"

„Ach woher!" Er beugte sich weit nach vorn. „Und nun kommt das Beste: Für jeden unterschriebenen Vertrag erhalten Sie, Thorsten Klüwer, achtzehn Jahre alt, ohne abgeschlossene Berufsausbildung und höhere Schule, aus dem verschlafenen Städtchen Kaufbeuren im Allgäu, vom ersten Tag an sage und schreibe fünfzig Mark. Netto. Bar auf die Kralle. Wenn Sie es also schaffen, nur läppische vier Neukunden pro Tag an Land zu ziehen, verdienen Sie täglich zweihundert Mark. Bei fünf Tagen in der Woche sind das tausend. Und im Monat, na, rechnen Sie es sich selbst aus."

„Viertausend Mark. Eine stattliche Summe." Thorsten dachte an den mickrigen Monatslohn von vierhundert Mark, den er für die Knochenarbeit der Prüfung und Montage der

Löscher erhalten hatte. Jetzt würde er nur durch ein paar lächerliche Besuche ohne körperliche Anstrengung zehnmal so viel verdienen können. Sein Herz machte einen Sprung.

„Wenn Sie talentiert sind, Thorsten; ehrgeizig, fleißig und talentiert, können Sie nach kurzer Zeit sogar das Doppelte verdienen. Es liegt ganz an Ihnen. Unser bester Mann verdient im Monat sechzehntausend Mark", log er.

„Sechzehntausend? Wahnsinn! Herr Mooshammer, wann kann ich starten?"

„So sicher sind Sie, dass wir Sie einstellen?" Er schmunzelte. „Sind Sie denn sofort abkömmlich?"

„Hätte ich mich denn sonst beworben? Das war doch Bedingung."

Mooshammer ließ Thorsten noch einen Moment zappeln, obwohl er nicht vorhatte, den Fisch von der Angel zu lassen. „Na schön, dann unterschreiben Sie hier." Der smarte Anwerber reichte ihm den Vertrag und wies mit der Hand auf die unterste Zeile. Der Junge war clever. Und er war heiß darauf, Geld zu verdienen. Der würde seinen Weg machen. Der Agentur eine Menge Provision bringen. Und natürlich nicht zuletzt ihm.

Thorsten überflog den Vertrag flüchtig, sah darin bestätigt, was ihm Mooshammer über die Höhe der Provision gesagt hatte und setzte kurzerhand seinen Namen darunter.

8

Nachdem sie seinen Koffer von einem der Bahnhofs-
schließfächer abgeholt hatten, fuhren sie mit drei weiteren
neu angeworbenen Mitarbeitern in die Nähe von Bad-
Reichenhall, wo ihr erster Einsatz stattfinden sollte. Die
Unterkunft, in der sie Mooshammer absetzte, war nicht an-
nähernd so luxuriös wie das Nobelhotel in München. Im
Gegenteil: Schon von außen sah die Unterkunft nach einer
billigen Absteige aus. Sein Zimmer im ersten Stock war
nicht halb so groß wie der Kellerraum, den er im Haus des
Stiefvaters bewohnt hatte. Das Inventar bestand aus einem
Bett mit quietschenden Federn, durchgelegener Matratze und
einem unansehnlichen Schrank, aus dem ihm beim Öffnen
der penetrante Gestank von Mottenkugeln in die Nase drang.
Ein wackliger Nachttisch stand neben dem Bett und an der
anderen Wand befand sich ein Schreibtisch, auf dessen
schäbiger Oberfläche der Holzlack abblätterte. Die abgetre-
tenen Bodendielen knarrten bei jedem Schritt. Die Beleuch-
tung bestand aus einer matt leuchtenden Glühbirne, die ohne
Lampenschirm nur an den Drähten befestigt von der Decke
herab hing. Die Nachttischlampe versagte den Dienst, als er
sie anzuknipsen versuchte. Toilette und Dusche befanden
sich auf dem Gang und wurde von allen Gästen auf der Eta-
ge benutzt. Im Zimmer roch es unangenehm nach Moder
und Schimmel, der sich an der feuchten Wand unter dem
Fenster gebildet hatte und wie eine Landkarte aussah. Über
dem Bett hing ein Landschaftsbild dieser Gegend, dessen

Maler die Malerei entweder nur als Hobby betrieb oder ein ausgesprochener Stümper sein musste.

Mooshammer hatte ihn in sein Zimmer begleitet und gab wieder sein an eine gackernde Legehenne erinnerndes Lachen von sich, als Thorsten sich in dem Raum umgesehen hatte und merklich enttäuscht war. „Das ist sozusagen der Härtetest. Wenn du den bestanden hast Thorsten, gehören Hotels wie dieses hier der Vergangenheit an." Er klopfte ihm beruhigend auf die Schulter. „Sobald du dich frisch gemacht hast, komm bitte runter, ich möchte dich den anderen im Team und vor allem deinem Kolonnenführer vorstellen. Aber zieh dir vorher andere Klamotten an. Wir sind hier eine große Familie, da erscheint man nicht in Anzug und Krawatte." Mit diesen Worten verließ ihn Mooshammer. Thorsten konnte sich nicht erinnern, ihm das Du angeboten zu haben und wunderte sich über den willkürlichen Wechsel der Anrede.

Das Abendessen bestand pro Person aus einem einzigen Paar Wiener Würstchen und Kartoffelsalat, der jedoch nach Seife schmeckte und daher kaum angerührt wurde. Mit ihm saßen zwölf Mitarbeiter der Agentur am Tisch des rustikalen Wirtshauses, in welchem sich außer ihnen auch andere Gäste befanden. Alles einfache Leute, die sich im Dialekt dieser Gegend lautstark unterhielten.

Der Kolonnenführer erschien erst nach dem Essen. Er setzte sich neben Mooshammer an das schmale Ende des Tisches. Der wies mit dem Finger auf Thorsten, worauf ihn der Kolonnenführer von oben bis unten taxierte. „Alle mal herhören", befahl er, nachdem er auch die anderen beiden frisch angeworbenen jungen Leute eingehend gemustert hatte, „wir wollen erst mal die Neuen im Team begrüßen."

Alle begannen Beifall zu klatschen. Übertrieben euphorisch.

„Stopp, das genügt!" kommandierte der Kolonnenführer mit erhobenen Händen und erhob sich. „Ich bin Rainer Maruschke und leite diesen Chaotenhaufen." Sein wieherndes Lachen, das er anschließend von sich gab, von allen anderen mit nochmaligem Beifall und Gejohle quittiert, passte zu seinem langen Pferdegesicht. Der breitschultrige, mittelgroße Mann, dessen zur Glatze geschorenes Haar einen wuchtigen Schädel hervortreten ließ, war mit Jeans und Jeanshemd bekleidet, trug eine protzige, goldene Uhr um den affenartig behaarten Unterarm und hörte sich wie ein Feldwebel an. Wie sich später herausstellen sollte, war er tatsächlich für viele Jahre Berufssoldat bei der Bundeswehr gewesen. Obwohl er wie ein Feldwebel klang, hatte er es lediglich zum Unteroffizier gebracht. „Ich spreche jetzt zu unseren Küken" fuhr er fort, „morgen früh um neun Uhr setzen wir uns in Marsch. Gleich danach beginnt das Training, dafür brauchen allerdings wir nur einen Tag. Wer danach nicht begriffen hat, wo es lang geht, wird es auch nach einem Jahr nicht begreifen und ist ungeeignet für diesen Job. Und noch etwas Leute: Ihr könnt bei uns massenhaft Kohle machen, aber ich erwarte von euch Fleiß und Disziplin. Wer anstatt zu malochen in Wirtshäusern rum hängt und sich schon tagsüber einen ansäuft, fliegt raus. Über alles andere reden wir morgen." Er ergriff den Bierkrug, den ihm die Bedienung zwischenzeitlich auf den Tisch gestellt hatte. „Prost Leute!" rief er und setzte die Maß an.

„Prost Chef!" gaben die Teammitglieder im Chor zurück.

Maruschke nahm einen kräftigen Schluck, setzte den Krug ab und wischte sich den Schaum vom Mund.

Thorsten sah in die Runde. Nur zwei weibliche Wesen, die alles andere als Schönheiten waren, gehörten zum Team. Aber auch was die jungen Männer betraf, war Thorsten enttäuscht. In welches Gesicht er auch blickte, zu niemandem fühlte er sich hingezogen und fand auch selbst kaum Beachtung. Einige der Kerle sahen so brutal aus, als hätten sie schon im Gefängnis gesessen. Andere blickten derart stupide vor sich hin, als wären sie nicht über den Bildungsgrad der Sonderschule hinaus gelangt.

Neben Thorsten saß einer der Neuen, der Einzige, den er für einigermaßen intelligent hielt. Schon beim Essen hatte er mit ihm ins Gespräch zu kommen versucht, doch der schmalwüchsige Junge, dessen Gesicht mit Pickeln übersät war und von dem er lediglich wusste, dass er Otto hieß und aus Hannover kam, zeigte kein großes Interesse. Jetzt aber, nach der kurzen Rede des Kolonnenführers, suchte er Kontakt zu Thorsten. „Sag mal, wie findest du denn unseren Boss?" fragte er ihn.

„Ziemlich selbstbewusst ist er, würde ich sagen."

Otto kam nahe an sein Ohr heran. „Red' keinen Stuss. Mir brauchst du nichts vorzumachen. Du hältst den doch auch für ein überhebliches Arschloch. Oder?"

Thorsten lachte verlegen. „Er macht einen ziemlich autoritären Eindruck, aber mehr kann ich noch nicht über ihn sagen. Entscheidend ist doch, ob er uns was beibringen kann."

Otto grinste verschlagen. „Sag mal, du hast wohl überhaupt keine Ahnung von diesem Geschäft!"

„Bist du nicht auch neu?"

„Von wegen. Das ist schon meine dritte Drückerkolonne. Du bist wohl zum ersten Mal bei so einer Truppe?"

Er nickte.

„Heilige Scheiße." Otto ergriff seinen Bierkrug und trank ihm grinsend zu. „Na denn: Prost."

Thorstens Neugier war erwacht. Doch als er Ottos Knowhow anzuzapfen versuchte, versank der wieder in Schweigen. „Lass dich überraschen!" Er lachte dreckig, erhob sich und setzte sich am Ende des Tisches zu dem anderen Neuen, von dem Thorsten später erfuhr, dass er schon in einer anderen Drückerkolonne mit Otto zusammengearbeitet hatte.

9

Maruschke fuhr die zwölf jungen Leute Punkt neun Uhr mit einem Kleinbus an ihren Bestimmungsort, einem ärmlichen Wohngebiet in Bad-Reichenhall, in dem sich ausschließlich hässliche Mietskasernen befanden. Dort wies er den Leuten jeweils einen Straßenzug zu. Thorsten sollte heute mit ihm unterwegs sein. Die beiden anderen Neuen hielt er in dem Geschäft für erfahren genug, um selbständig zu arbeiten. „Punkt ein Uhr treffen wir uns hier wieder zur Lagebesprechung, und dass mir keiner zu spät kommt!" waren seine letzten Worte, bevor sich die jungen Leute in alle Richtungen auf den Weg machten. „Wir beide nehmen uns diesen Wohnblock vor", sagte er zu Thorsten und wies auf ein Gebäude direkt gegenüber. Maruschke verfluchte den Nieselregen und das nasskalte Wetter, betrat noch einmal den Kleinbus, holte eine schwarze Ledertasche und einen Fotoapparat heraus, hing sich beides um und lief los. „Auf geht's", sagte er und spuckte wie ein Bauarbeiter in die Hände. „Du machst erst mal gar nichts, mischt dich auf keinen Fall ins Gespräch ein", instruierte er ihn, während sie zu einem der Eingänge hinüber liefen, „schaust nur zu, wie ich es mache."

Die ersten vier Türen im Erdgeschoß wurden trotz mehrfachen Klingelns nicht geöffnet. „Das ist kein Grund zur Frustration", sagte er, während sie die Treppe zum ersten Stockwerk erklommen, „wenn beide Ehepartner arbeiten, ist um diese Zeit niemand da." Er lachte tückisch. „Ist sowieso besser, wenn die Mannsbilder aus dem Haus sind. Unsere Opfer sind nämlich Hausfrauen."

Maruschke drückte wieder auf eine Klingel. Wenig später stand eine Frau mittleren Alters mit umgebundener Küchenschürze und Lockenwicklern im Haar in der Tür. Im Hintergrund hörte man lautes Kindergeplärr. Maruschke nahm den Fotoapparat zur Hand, sagte: „Bitte recht freundlich" und knipste die Frau. Die verbarg ihr Gesicht in den Händen und war sichtlich erschrocken. „Was soll das?" keifte sie, „wer sind Sie überhaupt?"

Der Kolonnenführer streckte ihr freundlich lächelnd die Hand entgegen. „Rainer Maruschke vom Stern." Er machte einen tiefen Diener. „Sie kennen doch diese bekannte Zeitschrift?"

„Vom Stern?" wiederholte die Frau entgeistert und gab ihm zögerlich die Hand. „Ja, was wollen Sie denn um Gottes willen bei *mir*?"

Maruschke hatte sie indessen ein weiteres Mal fotografiert. Als neben ihr drei greinende Kinder – zwei kleine Mädchen und ein Junge – mit laufender Nase in der Türe erschienen, hielt er den Apparat auf die Gören und drückte wiederum ab. „Wir machen in unserem Blatt gerade eine Serie. Sie heißt: „Was deutsche Hausfrauen leisten". Wenn Sie nur zehn Minuten Zeit für uns haben, könnte schon in vier Wochen ihr Bild in unserer Zeitschrift erscheinen. Das wäre doch toll oder nicht?" Maruschke knipste schon wieder.

„Aber doch nicht in diesem Aufzug", sagte die Frau. „Da muss ich mich doch zuerst mal zurechtmachen." Sie begann ihr Haar zu ordnen. „Ich sehe ja fürchterlich aus."

„Sie sehen wundervoll aus", log Maruschke, „und die Kleinen sind doch auch ganz herzallerliebst. Gell du. Ei, ei, ei." Er ging in die Hocke und strich dem Jungen, dem der Rotz über Mund und Kinn lief, über das ungewaschene, blonde Haar und wischte sich anschließend verstohlen die Hand an der Hose ab. Bevor die Frau etwas einwenden konnte, befand er sich schon im Korridor und winkte Thorsten, der völlig perplex war, ungeduldig herein. Dann schloss er von innen die Tür. „Vielleicht können wir uns ins Wohnzimmer setzen, um das Interview und noch ein paar Bilder zu machen." Schon war Maruschke ins Wohnzimmer geeilt, wo er es sich auf der zerschlissenen Couch bequem machte. Der Küchenherd befand sich im selben Raum, es roch unangenehm nach Küchenresten, abgestandener Luft, Urin und kaltem Rauch. Die Kinder stürmten herein, eines der Mädchen plärrte noch immer, ihre Hose war nass. Die Frau fuhr das Kind an, ihr nicht ständig auf den Nerven herum zu trampeln, dann bückte sie sich, um das überall in dem ärmlich eingerichteten Wohnzimmer am Boden verstreute Spielzeug aufzusammeln. „Das ist nicht nötig, Frau Gruber. Sie heißen doch Gruber, nicht wahr?"

Sie nickte.

„Ich mache die Fotos nicht von der Wohnung, nur Sie sind mir wichtig. Bitte setzen Sie sich doch." Er benahm sich, als sei er der Wohnungseigentümer, zückte einen winzigen Taschenschreibblock und einen Kugelschreiber und begann, ihr Fragen zu stellen. Über den Beruf ihres Mannes, ihre Arbeiten, die sie tagsüber verrichte, wie viel Haushaltsgeld sie monatlich zur Verfügung habe, ob sie Urlaub machten, wie lange und wo, welche Wünsche sie habe, was sie vom Leben erwarte, ob sie noch mehr Kinder habe, ob sie noch mehr Kinder wolle. Zogen sich ihre Antworten zu sehr in die Länge, unterbrach er sie, indem er die nächste Frage stellte. Nach zehn Minuten fotografierte er sie noch mehrere Male aus verschiedenen Perspektiven, wobei er Wert darauf legte, dass sie als typisch deutsche Hausfrau ihre Lockenwickler im Haar behielt und sich nicht etwa umzog.

„Ja, das war's schon", sagte er, „nur noch eine Kleinigkeit müssten wir jetzt besprechen. Sie können sich sicher vorstellen, dass viele Hausfrauen in Deutschland in unserer Serie erscheinen möchten. Deshalb müssen wir eine kleine Vorauswahl treffen. Sie lesen den Stern sicherlich regelmäßig. Oder?"

„Regelmäßig? Nein, nur ab und zu."

„Nur ab und zu, also nicht regelmäßig. Das ist allerdings schlecht. Sehr schlecht sogar." Er rieb sich nachdenklich am Kinn. „Was machen wir denn da nur?"

„Warum ist das schlecht?" fragte sie.

„Tja, weil das ein Kriterium unserer Vorauswahl ist. So hat es die Redaktion leider bestimmt. Es können und dürfen nur Hausfrauen in der Serie erscheinen, die unsere Zeitschrift regelmäßig lesen." Er machte ein betroffenes Gesicht. „Ach ist das schade. Jetzt war das alles umsonst. Und ich hab doch schon all diese schönen Bilder im Kasten. Zu dumm auch."

„Ja also, wenn das so ist, dann lese ich halt den Stern von jetzt an regelmäßig."

„Das würden Sie wirklich tun?"

„Aber freilich! Wenn es nicht anders geht?"

„Frau Gruber, da fällt mir aber ein Stein vom Herzen." Er zog seinen Auftragsblock aus der Aktentasche. „Da Sie den Stern von jetzt an regelmäßig lesen wollen und ich der Redaktion einen konkreten Beweis dafür liefern muss, ist es das Beste, Sie abonnieren die Zeitschrift. Das kostet Sie natürlich keinen Pfennig mehr, als würden Sie sie am Kiosk kaufen. Und ich kann der Redaktion dokumentieren, dass Sie wirklich zu unseren regelmäßigen Leserinnen gehören. Das ist doch ein faires Angebot, oder?"

Sie sah unschlüssig aus, wiegte den Kopf hin und her. „Wie lange muss ich ihn denn abonnieren?"

„Nur für ein Jahr, Frau Gruber, nur für *ein einziges* Jahr. Sie wissen ja selbst wie schnell ein Jährchen vorbei ist. Mir geht's ausschließlich darum, dass Sie in der Serie erscheinen, sonst war meine ganze Arbeit umsonst. Und das Interview mit Ihnen, verehrte Frau Gruber..." Er legte die Hand aufs Herz: „...das ist wirklich eins meiner besten. Ich möchte auf keinen Fall darauf verzichten müssen."

Als sie sich um dreizehn Uhr mit der Truppe zur Lagebesprechung trafen, hatte Maruschke fünf Abonnements in der Tasche. Sie waren alle auf dieselbe krumme Tour zustande gekommen. Die höchste Quote bei seinen Mitarbeitern lag bei drei Abonnements. Soviel hatte allerdings nur einer geschafft. Die meisten anderen hatten nur eins oder höchstens zwei im Auftragsblock. Drei von ihnen hatten überhaupt keinen Erfolg gehabt. Einer der Erfolglosen war schon eine Woche lang auf der schwarzen Liste. Auf ihr wurden täglich die Namen derer notiert, die eine sogenannte Null-Quote hatten. „Eins kann ich euch sagen, ihr Pflaumen", fauchte Maruschke, „wenn ihr nicht bis heute Abend endlich wieder Aufträge ran schafft, gibt's nur noch halbe Essensration und für jeden Tag, den ihr schon verpennt habt, kürze ich euch die halbe Provision für Neuzugänge. Das bedeutet: Sechs Tage verpennt, sechs Mal halbe Provision für die nächsten sechs Abos. Ihr geht übrigens gleich wieder los. Nur die anderen kriegen erst was zu futtern."

Nachdem die Erfolgreichen gegessen hatten und wieder auf Tour waren, blieb Maruschke mit Thorsten im Bus zurück. „Gibt's Fragen?" fragte er wie nebenbei.

„Eigentlich nur eine."

„Schieß los."

„Die Geschichte von der Hausfrauenserie im Stern, die stimmt doch nicht, oder?"

Maruschke machte ein verblüfftes Gesicht. „Also die Frage hätte ich gerade von dir nicht erwartet. Du bist doch ein cleveres Kerlchen."

„Aber... ist das nicht Betrug?"

Maruschke schüttelte seufzend den Kopf. „Warum muss ich eigentlich immer auf dieselben Fragen antworten?" Eine ganze Weile sah er zu Boden. „Also gut", sagte er dann, wobei er seinen wuchtigen Oberkörper nach vorn schob und sich mit beiden Händen auf den Schenkeln abstützte, „ich sag's nur einmal, also spitz deine Ohren. Punkt eins: Die Leute kaufen Zeitschriften. Nicht regelmäßig und meistens auch nicht nur ein und dieselbe, aber sie geben Geld dafür aus. Viel Geld dafür aus übers Jahr. Und nun ist die entscheidende Frage, bei wem die Kohle landet. Beim Zeitschriftenhändler gleich um die Ecke oder im Geldbeutel von Thorsten Klüwer. Das ist die einzige Frage, die dich von nun an beschäftigen sollte. Punkt zwei: Wir bieten ihnen einen eindeutigen Vorteil, den hat dir Mooshammer schon lang und breit erklärt. Aber die meisten von denen, dort in den Wohnblöcken, sind einfach zu blöd, um das zu begreifen. Sie sehen nur, dass sie sich für ein Jahr zum Kauf verpflichten müssen. Das auch wir uns verpflichten, nämlich die Zeitschrift pünktlich und frei Haus zu liefern, dafür sind sie blind wie die Maulwürfe. Punkt drei: Wenn ein Mensch zu bekloppt ist, um zu begreifen, was seinem Vorteil dient, muss man ihn eben zu seinem Glück zwingen. Die Methode ist völlig zweitrangig. Das hat selbst die katholische Kirche erkannt, drum sagt sie: Der Zweck heiligt die Mittel. Du hast natürlich recht, in der Kamera ist kein Film und auf meinem Notizblock steht nichts außer unleserlichem Gekritzel, aber die Leute sind happy. Erstens, weil sie ihre Zeitschrift frei Haus geliefert bekommen und zweitens, weil sie zumindest vier Wochen lang mit der Vorfreude leben, ihr Bild in einer bekannten Zeitschrift allen Bekannten und Verwandten zeigen zu können. Und ist Vorfreude nicht die schönste Freude?" Er lachte spöttisch. „Thorsten, ich bin mir sicher, dass du jede Menge Asche machen kannst. Aber wenn du glaubst, was wir tun, sei Betrug, dann packst du besser gleich deinen Koffer. Denn mit Ehrlichkeit hast du in diesem Job nicht die geringste Chance. Darauf gebe ich dir Brief und Siegel."

10

Das herbstlich nasskalte Wetter vom Morgen war am Nachmittag strahlender Oktobersonne gewichen. Thorsten saß auf einer Bank, sah mit geschlossenen Augen nach oben und ließ sich von ihr bescheinen. Hinter ihm begann ein Waldstück, vor ihm lagen gerodete Kornfelder. Das Wohngebiet mit den hässlichen Mietskasernen war außer Sichtweite. Er genoss die Stille und sog die nach Erde und Herbstlaub duftende Luft ein. Abschalten. Zur Ruhe kommen. All die Gedanken, die wie ein aufgestörter Hornissenschwarm in seinem Kopf herum spukten, für einen Moment zum Stillstand bringen. Unmöglich. Wieder tauchte Maruschke vor seinem inneren Auge auf. Die Gespräche mit den naiven Hausfrauen, die dem skrupellosen Lügner jedes Wort glaubten. Seine brutalen Maßnahmen, mit denen er erfolglosen Teammitgliedern Angst einjagte, um sie unter Druck zu setzen und ihre Leistung zu steigern. Seine absurden, ja kriminellen Ansichten über Verkaufsmethoden, die er nicht zu akzeptieren vermochte. Seinen Vorschlag, er solle sich bei den Leuten als Student vorstellen und auf Mitleid machen: er sei Vollwaise, seine Eltern wären voriges Jahr bei einem Autounfall ums Leben gekommen, so dass er sein Studium selbst finanzieren müsse.

Sollte er sich aus dem Staub machen? Einfach sang und klanglos verschwinden? Sich einen anderen Job suchen? Oder war es möglich, die Menschen mit ehrlichen Argumenten vom Nutzen des Abos zu überzeugen? Doch selbst dann, wenn sich das als möglich erwies: Würde er in dieser Truppe und dem autoritären, verlogenen Maruschke je glücklich werden?

Er seufzte, nahm einen Stock, der am Boden herum lag und malte Figuren auf den sandigen Weg. Was war die Alternative, wenn er seinen Koffer packte? Was würde ihn in der Welt da draußen erwarten? Auch im Geschäft seines Stiefvaters war es nicht immer ehrlich zugegangen. Wann immer es schlecht gelaufen war, hatte ihm Leitner befohlen, pro Löscher ein oder zwei Kilo einwandfreies Löschpulver mit ein wenig Wasser zu vermengen, so dass es verklumpte und gegen neues ausgetauscht und natürlich bezahlt werden musste. Eine Zeitlang war er seinen Anweisungen gefolgt, doch schließlich regte sich sein Gewissen und er weigerte sich, die Leute weiterhin zu betrügen. Wie hatte sein Stiefvater damals getobt und ihm ebenso wie Maruschke klarzumachen versucht, dass man im Geschäftsleben unmöglich immer ehrlich sein könne. Was würde sich also verändern, wenn er sich einen anderen Verkäuferjob suchte? Denn ohne Lehrabschluss kam für ihn nichts anderes in Frage. Das einzige, womit er wirklich begabt war, war seine Eloquenz.

Schließlich kam er zu dem Schluss, dass ihm zunächst keine Wahl blieb. Er würde es als Drücker versuchen müssen. Nur belügen würde er sie nicht. Er war überzeugt, die Menschen mit ehrlichen Argumenten überzeugen zu können. Das würde er Maruschke beweisen. Und wenn es tatsächlich nicht klappen würde, könnte er immer noch gehen. Maruschke hatte ihm, was atypisch war, zwei Stunden Bedenkzeit gegeben. Thorsten sah auf die Uhr. Es wurde Zeit auf-

zubrechen, wenn er pünktlich am Treffpunkt erscheinen
wollte.

11

Knapp zwei Jahre später bot die Agentur Thorsten Klüwer an, Kolonnenführer zu werden. Denn er war einer ihrer erfolgreichsten Verkäufer geworden. Und das, obwohl er dafür bekannt war, keine faulen Tricks anzuwenden. Er kam einfach an bei den Leuten. Er wurde sogar weiter empfohlen, ein absolutes Novum in der als Bande übelster Verbrecher verschrienen Drückerbranche. Allerdings kostete sein Erfolg einen hohen Preis. Er klingelte täglich im Schnitt bis zu Achtzig mal an Haustüren. Im Durchschnitt öffneten sich dreißig dieser Türen gar nicht. Etwa eine Stunde ging ihm dadurch verloren. Ebenso viele Türen wurden zwar geöffnet, aber nach spätestens fünf Minuten wieder vor seiner Nase geschlossen. Nur etwa zwanzig Türen schlossen sich hinter ihm, doch wenn er erst einmal eine Wohnung betrat, gelang ihm in fünf von zehn Fällen der Abschluss. Für einen Abschluss brauchte er in der Regel nicht mehr als vierzig Minuten. In der Summe war er daher täglich etwa zehn Stunden auf den Beinen. Rechnet man noch Anfahrt und Rückfahrt hinzu, kam er im Schnitt auf zwölf, manchmal auch auf vierzehn Stunden pro Tag.

Es gab Tage, an denen er mehr als zehn Abos verkaufte. Drei Abos waren sein unterstes Limit. Er ließ nicht locker, bis er sie hatte. Und wenn er bis zehn Uhr abends unterwegs sein musste. Seine Strategie war erfolgreich, weil er nie den Versuch unternahm, die Leute zu überreden. Wenn jemand die Vorteile des Abos nach fünf Minuten nicht einsehen wollte, brach er das Gespräch freundlich ab und ging zur nächsten Tür weiter. Türen gab es schließlich in Deutschland genug. Es war nur eine Frage von Zähigkeit und Fleiß, um sie aufzusuchen.

Natürlich gab es auch Leute, die lieber betrogen werden wollten und die Aufrichtigkeit, mit der Thorsten auftrat, lediglich für einen weiteren Trick hielten. Aber es gab ebenso viele, die sich darüber freuten, endlich einmal einen Hausierer kennenzulernen, von dem sie nicht aufs Kreuz gelegt wurden. Der entscheidende Erfolgsfaktor aber war, dass Thorsten die Menschen mochte und sich für sie interessierte, gleichgültig welcher sozialen Schicht sie angehörten. Das spürten die Hausfrauen und Rentner auf Anhieb und deshalb öffneten sich viele von ihnen, erzählten ihm von ihren Sorgen und Problemen. Dem arbeitslos gewordenen Mann, den schlechten Noten der Kinder, der ewig keifenden Nachbarin, Streit mit dem Partner, den Gebrechen des Alters, dem Wunsch nach einem besseren Leben oder dem heiß ersehnten Lottogewinn. Er hörte aufmerksam zu und gab ab und zu einen Ratschlag, anstatt wie die meisten seiner Kollegen mechanisch die eingeübten Lügenstorys abzuspulen und die Leute massiv unter Druck zu setzen.

Maruschke hatte ihn anfangs trotz seiner Erfolge belächelt, sie als Anfängerglück bezeichnet und ihm prophezeit, er werde schon noch begreifen, dass es nicht immer so weiter gehe. Doch mit der Zeit, als sich seine Erfolgsquote sogar erhöhte, begann er seine Fähigkeiten zu nutzen. Selbst wenn Thorsten am Abend später als zum vereinbarten Zeitpunkt am Treffpunkt eintraf, machte er ihm keine Vorwürfe, sondern wartete mit der ganzen Truppe auf ihn, um ihn dann als leuchtendes Vorbild zu preisen und den anderen „faulen Säcken" ordentlich die Leviten zu lesen. Außerdem verdiente Maruschke nicht schlecht durch ihn, denn er kassierte von den Aufträgen aller Teammitglieder einen nicht unbeträchtlichen Anteil der Provision. Als er jedoch erfuhr, die Agentur wolle Thorsten befördern, verbreitete er im Team die infame Lüge, er habe erfahren, viele seiner Aufträge seien getürkt, er würde sie selbst unterschreiben, also die Unterschrift fälschen, um seine Quote zu erhöhen. Und das schade dem Image der gesamten Truppe.

Thorsten konnte sich keinen Reim für den Grund seiner Verleumdung machen, hatte jedoch erlebt, zu welchen Gemeinheiten Maruschke fähig war. Erfolglose Drücker wurden von ihm nicht nur nieder gebrüllt, vor allen anderen gedemütigt, mit dem Ausfall von Mahlzeiten und Provisionskürzungen bestraft, sondern in einigen Fällen tagelang eingesperrt und sogar brutal verprügelt. Otto, der sie ein halbes Jahr nach seinem Antritt verließ, hatte Maruschke ein blaues Auge geschlagen und ihm bei seinem Weggang gedroht, ihm den Kragen umzudrehen, wenn er es wage, ihn anzuzeigen oder „unwahre" Gerüchte über ihn zu verbreiten. Von den weiblichen Teammitgliedern wurde erzählt, dass sie an Tagen mit Null-Quote mit Maruschke ins Bett gehen oder ihm zumindest einen blasen müssten, wenn sie die obligatorische Provisionskürzung vermeiden wollten. Und was das Versprechen in der Zeitungsannonce betraf, man sorge für Kost und Logis, so war daran nur wahr, dass man die Hotels der untersten Kategorie für sie buchte und minderwertiges Essen bestellte, die Kosten jedoch wurden von der Provision abgezogen.

Thorsten hatte in den letzten zwei Jahren eine nicht unbeträchtliche Summe angespart, denn er besuchte während seiner knapp bemessenen Freizeit, anders als seine Kollegen, weder Prostituierte noch teure Bars oder Discos. Selbst ins Kino ging er nicht oft, nur auf den Kauf immer neuer Bücher, vor allem Romane, aber auch Fachliteratur, wollte er nicht verzichten. An den Wochenenden war er daher zumeist lesend auf seinem Hotelzimmer oder, wenn es das Wetter erlaubte, auf einer Parkbank oder Liegeweise zu finden. Maruschke verspottete ihn oftmals wegen dieser Marotte, wie er seine Leidenschaft nannte, und fand es völlig unbegreiflich, weshalb sich ein junger Mann im vollen Saft, anstatt sein attraktives Aussehen bei den Frauen zu nutzen, hinter langweiligen Büchern verschanze. So einer wie er sei ihm in der Branche noch niemals untergekommen.

Thorsten empfand die Knochenarbeit nicht als Belastung, im Gegenteil, es machte ihm ausgesprochenen Spaß zu verkaufen, und er feilte an seiner Argumentation, um in seiner Gesprächsführung jeden Tag ein wenig besser zu werden. Die äußeren Umstände jedoch machten ihm, je länger er die brutalen Methoden des Kolonnenführers und das niedrige Bildungsniveau seiner Kollegen ertragen musste, immer schwerer zu schaffen. Ganz im Gegensatz zu Mooshammers Versprechen, hatte sich auch am niedrigen Standard der Hotels, in denen sie nächtigten, nicht das Geringste verändert.

Als er von einem seiner Kollegen zugetragen bekam, welche üblen Gerüchte Maruschke über ihn verbreitete, war das Maß für ihn voll. Den Vorwurf des Betrugs konnte er unmöglich auf sich sitzen lassen. Kolonnenführer wollte er ohnehin nicht werden. Und mit seiner Erfahrung würde er nun auch einen anderen Job als Verkäufer finden. Was könnte ihm also schon geschehen, wenn er Maruschke vor allen anderen zur Rede stellen würde?

Er schritt zur Tat, nachdem sie zu Abend gegessen hatten. Das Team befand sich bereits in Bierlaune, als er fragte: „Herr Maruschke, wer hat Sie denn darüber informiert, dass ich Aufträge türke?"

Die Verblüffung darüber, dass sich irgendjemand im Team offensichtlich über seine Anordnung, Thorsten auf keinen Fall über seine Mitteilung zu informieren, hinweg gesetzt hatte, war Maruschke deutlich anzusehen. Mit der Antwort: „Darüber reden wir später", versuchte er einen Eklat zu vermeiden.

„Es wäre mir recht, wenn es alle erfahren würden", erwiderte Thorsten.

Maruschke stutzte. Noch nie zuvor hatte einer seiner Sklaven versucht, ihn öffentlich bloßzustellen. „Ich bestimme, wann ich was sage", rief er und warf Thorsten einen vernichtenden Blick zu.

Alle Teammitglieder saßen mit angespannter Miene am Tisch und spitzten die Ohren. Einer, der neben Thorsten saß, schlug ihm mit dem Fuß ans Bein. „Halt doch dein Maul!" flüsterte er hinter vorgehaltener Hand.

„War es Herr Grünberg?" bohrte Thorsten unbeeindruckt weiter. Grünberg saß in der Zentrale der Agentur und meldete den Kolonnenführern Unregelmäßigkeiten.

Maruschke sprang auf und wies mit dem Finger auf Thorsten. „In genau zehn Minuten erwarte ich dich auf meinem Zimmer!" Dann verließ er mit hochrotem Kopf und im Stechschritt den Bewirtungsraum.

„Du tickst wohl nicht richtig!" empörte sich Susi und griff sich dabei an den Kopf. „Maruschke macht Hackfleisch aus dir. So gut müsstest du ihn doch jetzt kennen." Die dürre Blonde mit den slawischen Backenknochen war schon über zwei Jahre in der Drückerkolonne und hatte an Tagen mit Null-Quote unvermeidliche Provisionskürzungen schon öfter als einmal mit entsprechenden Diensten in Maruschkes Zimmer vermieden.

Thorsten erhob sich und machte sich kommentarlos auf den Weg zum Rapport.

„Komm rein", hörte Thorsten Maruschke hinter der Zimmertür rufen, nachdem er höflich angeklopft hatte.

Der Kolonnenführer stand mit entblößtem Oberkörper an der geöffneten Minibar, als Thorsten das Zimmer betrat. Es war das erste Mal, das er Maruschke in seinen vier Wänden besuchte. Das Mobiliar unterschied sich erheblich von dem Schrott, wie man ihn in anderen Zimmern der Truppe vorfand.

„Was möchtest du trinken. Bier, Whisky, Cognac oder Fruchtsaft, wie immer." Sein Tonfall ließ jeglichen Ärger vermissen.

„Letzteres bitte."

Maruschke goss ihm ein Glas Orangensaft und sich selbst einen doppelten Cognac ein. „Setz dich", sagte er dann, ließ sich auf die Couch fallen und lachte ihm überfreundlich zu. „Mein Gott Thorsten, nimm's doch nicht so tragisch", sagte er, als er in der düsteren Miene Thorstens nicht den geringsten Wandel bemerkte. „Ich musste endlich was tun, um den Leuten klar zu machen, dass sie nicht mit deinen Methoden arbeiten können. Ja, wenn sie dein Format hätten, dann wegen mir. Aber du weißt doch selbst ganz genau was das für Arschgeigen sind. Die können das nicht. Zeigt sich doch eindeutig an ihren Quoten. Die sind in den letzten Monaten, seit sie dich nachzuahmen versuchen, immer schlechter geworden. Das macht uns noch das ganze Geschäft kaputt. Also musste ich zu einer Notlüge greifen. Natürlich weiß ich, dass du absolut sauber bist."

„Dass dabei mein Ruf im Team hops geht, ist Ihnen anscheinend völlig egal."

„Du verlässt uns doch sowieso bald. Also, was juckt es dich, was die Leute über dich denken?"

„Sie glauben tatsächlich, dass ich Kolonnenführer werden will?"

„Sag bloß du hast es dir anders überlegt!"

„Ich habe noch nie einen Gedanken daran verschwendet, den Job anzunehmen."

„Aber warum denn nicht, Mann!? So eine Gelegenheit bekommt man doch nicht alle Tage? Vor allem nicht in deinem Alter."

Er schüttelte den Kopf. „Niemals könnte ich auf Dauer mit solchen Leuten arbeiten. Und schon gar nicht mit Ihren krummen Methoden."

„Vorsicht!" zischte Maruschke mit erhobenem Zeigefinger, „pass auf was du sagst! Nur weil du gut bist und ich dich mag, hast du noch lange kein Recht, mich zu beleidigen. Ich kann auch andere Saiten aufziehen, das weißt du! Und noch eins: Wenn du das, was ich dir gerade im Vertrauen sagte, an das Team weitergibst, drehe ich dir den Hals um. Es würde meine Autorität untergraben und dieser Verein funktioniert nur, wenn die Leute spuren."

„Das können Sie unmöglich von mir verlangen!" gab Thorsten empört zurück.

Maruschke sprang auf, packte Thorsten am Kragen und zog ihn aus dem Sessel so nahe an sich heran, dass er seinen schlechten Mundgeruch in die Nase bekam. „Überleg es dir gut. Du passt in keinen Schuh rein, wenn ich dich in die Mangel nehme! Glaub mir." Dann stieß er ihn zurück. „Und jetzt raus hier!" befahl er ihm und stürzte den Cognac herunter.

12

Thorsten war nach dem Gespräch mit Maruschke überhaupt nicht danach zumute, seinen Kollegen an diesem Abend noch einmal zu begegnen. Er zog sich auf sein Zimmer zurück, versuchte in einem Roman zu lesen, vermochte sich jedoch nicht zu konzentrieren. Zu groß waren der Zorn auf Maruschke und der Frust über seine miese, menschenverachtende Behandlung. Deshalb entschloss er sich, ein wenig spazieren zu gehen. Er zog sich seinen Anorak über, denn das Aprilwetter war nasskalt und kühl.

Ihr neues Domizil befand sich in der Innenstadt von Ravensburg und als er die Hoteltür durchschritt, schlugen die Glocken des Kirchturms ganz in der Nähe achtmal. Er war erst ein paar Schritte durch die Fußgängerzone gelaufen und viel zu sehr in Gedanken, um einen Blick auf die historischen Bauwerke des idyllischen oberschwäbischen Städtchens der Türme und Tore zu werfen, als ihm ein junger Mann auf der Straße einen Prospekt anbot und dabei irgendetwas von einer Veranstaltung faselte, die morgen Abend stattfinde und hoch interessant sei.

Thorsten nahm den Prospekt, bedankte sich förmlich und steckte ihn in die Tasche. Ein kühler Wind, mit Nieselregen vermischt, blies ihm ins Gesicht. Er zog den Kragen nach oben und fluchte. Es gab keine Wetterlage, die er für unangenehmer hielt und mehr hasste. Freudlos, mit grimmigem Blick, stapfte er achtlos an den beleuchtenden Schaufenstern vorbei, und mit jedem Schritt wurde ihm einmal mehr klar, das sich sein Leben einschneidend verändern musste, wenn er seine Selbstachtung behalten wollte. War er nicht vom Regen in die Traufe gekommen? Hatten sich in seinem Leben nicht nur die Gesichter gewandelt? Worin bestand der Unterschied zwischen Jakob Leiding und Rainer Maruschke? Worin der Unterschied zwischen dem dunklen Kellerloch früher und den miesen Hotelzimmern jetzt? Befand er sich nicht immer noch in einem Gefängnis? Natürlich, er verdiente mehr Geld als früher. Viel mehr Geld als früher. Und er musste jetzt auch keine Löscher mehr schleppen. Er musste nicht mehr mit ansehen, wie seine alkoholabhängige Mutter ihre Gesundheit ruinierte. Aber ansonsten? Tief in ihm war es noch immer stumpf und kalt geblieben. Was ihm fehlte, war Wärme, war Liebe, war Heimat, war eine Familie, wie er sie zu der Zeit erfuhr, als sein Vater noch lebte. Ach Vater! Wie sehnte er sich jetzt danach, ihn wenigstens an seinem Grab besuchen zu können, wie er es früher so oft getan hatte. Er steckte sich eine Zigarette an und kehrte um zum Hotel.

Er lag schon eine Zeitlang im Bett, als er sich an den Prospekt erinnerte. Da er ohnehin noch nicht einschlafen konnte, stand er auf und kramte ihn aus der Anoraktasche. Ein bekannter TV-Prediger aus den USA, stand da zu lesen, würde morgen Abend in der Festhalle in Weingarten, nur wenige Kilometer entfernt, über den Sinn des Lebens sprechen. Sicherlich irgendeine von diesen amerikanischen Sekten, die auf Seelenfang waren, dachte er enttäuscht, als er las, dass der Veranstalter eine gewisse *Church of god* war. Doch auf der Rückseite fiel sein Blick auf einen Text, der ihn, je weiter er las, in zunehmendem Maße fesselte. In wenigen Sätzen war dort die Lebensgeschichte des Predigers beschrieben und das Erstaunliche war, dass diese zu Anfang ähnlich verlief wie die seine. Auch dieser Mann hatte in jungen Jahren – schon mit neun allerdings – die Mutter verloren, war dann, nach der erneuten Eheschließung des Vaters, von seiner Stiefmutter aus dem Hause geekelt worden, hatte anschließend als Klinkenputzer für ein Kosmetikprodukt sein Geld verdient, bis er schließlich ein paar Jahre später Seelenfrieden fand.

Thorsten betrachtete lange das Bild, welches das scharfgeschnittene Gesicht des Predigers zeigte. Was ihn am meisten an ihm beeindruckte, waren seine strahlenden Augen. Der Mann schien wirklich glücklich zu sein! Hatte er vielleicht, was ihm fehlte? Oder war es schlicht ein gut eingeübtes Marketinglächeln? Er nahm sich fest vor, es herauszufinden.

13

Thorsten hatte ernste Gesichter und feierliche Stille erwartet. Doch als er den Festsaal betrat, den an die vierhundert Menschen füllten, glaubte er zunächst, er habe sich in
der Adresse geirrt. Er kam fünfzehn Minuten zu spät, die
Veranstaltung hatte bereits begonnen. Eine der freundlichen
Platzanweiserinnen begleitete ihn zu einer Reihe, die sich im
hinteren Drittel des Saales befand und in welcher nur noch
zwei Plätze frei waren. Auf der Bühne erzählte gerade ein
junger Mann, wie glücklich er sei, nachdem er Jesus begegnet war. Danach brach ein Beifallssturm los, der von lauten
Bestätigungen wie Stark, Super, Phantastisch, Ja richtig,
Ganz genau, Amen und Halleluja begleitet wurde. Als er die
Bühne verließ, erhoben sich viele der Besucher in den vor-
deren Reihen des Saales und applaudierten im Stehen. Nach
ihm trat eine junge Frau ans Mikrophon. Auch sie berichtete
von ihrer spirituellen Erfahrung und wurde danach ebenso
euphorisch gefeiert. Anschließend erhoben sich die im Hintergrund auf der Bühne sitzenden Mitglieder eines Chors, er
zählte achtundzwanzig Männer und Frauen. Ihr Gesang
wurde von Gitarren, Bass und Schlagzeug begleitet und äh-
nelte in Rhythmus und Melodie, sah man von dem religiösen
Text ab, einem modernen Popsong der Searchers. Nachdem
sie sich wieder setzten, sprang ein drahtiger, mit dunklem
Anzug, weißem Hemd und roter Krawatte bekleideter Mann
um die vierzig auf die Bühne, stellte sich als der Leiter der
hiesigen *Church of God* vor, begrüßte das Publikum und
insbesondere alle Gäste und forderte die Anwesenden auf,

den Herrn zu preisen. Er erhob beide Hände und schloss die Augen, worauf es ihm etwa zwei Drittel der Anwesenden gleich taten. Thorsten blieb vor Erstaunen der Mund offen stehen, als die Lobpreisung begann. Das war keines der langweiligen, monotonen Gebete, wie er sie als Kind in der katholischen Kirche miterlebt hatte. Er hatte viel eher den Eindruck, auf einer Fußballtribüne zu sitzen. Nur dass die Menschen anstatt ihre Mannschaft unsichtbare Götterwesen anfeuerten. Was er hier erlebte, war Begeisterung pur. Er sah in glückselige, verzückte Gesichter, einige lachten, andere weinten vor Freude. Manche hatten sich von ihren Stühlen erhoben und blickten mit sehnsuchtsvollem Blick zur Decke empor. Er vermutete viele Ausländer unter den Gläubigen, da sie ihren Lobpreis in einer unverständlichen Sprache arti- kulierten, wobei ihm eigenartig erschien, dass er eine Spra- che wie diese noch nie zuvor gehört hatte. Thorsten wusste zu diesem Zeitpunkt noch nicht, dass die *Church of god* zur Pfingstbewegung gehörte, einer religiösen Gruppierung, die um die Jahrhundertwende in den USA entstanden und insbe- sondere dafür bekannt war, wie die Apostel am Pfingsttag, ekstatisch in unverständlichen Sprachen zu brabbeln. Das waren spontan erfundene Wortschöpfungen, die sie auch selbst nicht verstanden. Das Durcheinander der Stimmen steigerte sich immer mehr und schwoll schließlich zu einem ohrenbetäubenden Lärm an, der am Ende in eine Art Sing- Sang überging, der durchaus melodisch klang, ihm jedoch etwas Angst machte. Was waren das nur für eigenartige Leu- te, die sich äußerlich kaum von anderen Zeitgenossen unter- schieden und woher entstand ihnen nur diese ihm völlig unverständliche Freude? Gleichzeitig mit dieser Angst verspürte er jedoch auch Sympathie für die ungewöhnliche Euphorie dieser Menschen.

Schließlich erschien auf der Bühne, wie ein Geschäftsmann, mit dunklem Nadelstreifenanzug, Weste und Krawatte bekleidet, das Haar gestylt, ein großes Mikrophon in der Hand, wie ein Star, der in den USA durch seine TV-Predigten bekannte T. L. Hepburn, neben ihm sein deutscher Übersetzer. Der rhetorisch außerordentlich begabte Mann begann seine Predigt mit der ihm noch aus dem Religionsunterricht bekannten Geschichte vom verlorenen Sohn, der sich sein Erbe auszahlen ließ, um neugierig die Welt zu erkunden, dann aber verarmte, weil er sein Erbe mit Huren verprasste, sich schließlich als Tagelöhner zum Hüten der Säue bei einem reichen Bauern verdingte, der ihn allerdings so schlecht bezahlte, dass er am Ende begehrte, seinen Bauch mit ihrem ärmlichen Futter zu füllen, was ihm jedoch verweigert wurde. Hepburn verglich den harten und schmutzigen Dienst als Schweinehüter mit seiner Knochenarbeit als Klinkenputzer, der ihn zwar nicht finanziell, jedoch innerlich derart ruiniert hatte, dass er sich zuletzt wie ein Schwein fühlte und sich geistig auch dementsprechend minderwertig ernährte. Doch schließlich habe er wie der verlorene Sohn in sich geschlagen, er habe sich an seine Heimat und an seinen reichen Vater erinnert und sei aufgebrochen, um zu ihm zurück zu kehren. Ja, auch er habe auf der untersten Sprosse seines seelischen Abstiegs gespürt, dass er heimkehren müsse, und diese Heimat sei nirgendwo anders als im eigenen Inneren, in welchem uns der Vater allen Lebens erwarte.

Und ebenso wie der verloren geglaubte Sohn von seinem irdischen Vater bei seiner Rückkehr das beste Kleid erhalten habe, einen Ring an die Hand, Schuhe an seine Füße; ebenso wie für ihn ein Kalb geschlachtet wurde, um zu feiern, zu essen und fröhlich zu sein, so ergehe es denen, die zu ihrer inneren Heimat zurück kehrten, zu ihren wahren Geschwistern, die sie gerne aufnehmen würden, um ihre Rückkehr aus der Fremde zu feiern. Das sei der Grund ihrer Freude, die den Gästen womöglich ungewöhnlich erscheine. Doch jeder, der sich nach der Heimat sehne, nach Liebe, Geborgenheit und dieser Freude, der könne dasselbe erfahren, wie sie und das noch heute Abend.

Thorsten saß da wie betäubt. Ihm war, als hätte der Prediger nur für ihn gesprochen. War er nicht auch bei den Schweinen – Maruschke und Konsorten – gelandet? Wurde er nicht wie ein Schweinehüter behandelt? Sehnte er sich nicht auch nach Heimat, nach Geborgenheit? Konnte es jemand anderes als Gott sein, der durch diesen Mann auf der Bühne zu ihm sprach?

Als der Prediger die Gäste aufforderte, nach vorne zur Bühne zu kommen, um symbolisch den ersten Schritt zurück in die Heimat zu machen, gab es für Thorsten kein Halten mehr.

DRITTER TEIL

14

Vom Tal her dampfte in Schwaden der Morgennebel herauf. Dahinter erhoben sich majestätisch granitgraue Berge mit ihren Nadelwäldern und grünen Matten, einige der höchsten schneebedeckten Gipfel waren von Wolken umhüllt. Morgenrot durchglühte den Himmel. Es war nahezu windstill, die Frühlingsluft war erfüllt vom frischen Geruch der Gräser und Blumen. Von weit her klang das Bimmeln von Kuhglocken in hohen und tiefen Tonlagen.

Thorsten saß auf einer Bergwiese in den Allgäuer Alpen, sein Rücken lehnte an einem knorrigen, verwitterten Baumstamm. Begierig sogen all seine Sinne das grandiose Naturschauspiel ein. In ihm war es ebenso feierlich still wie um ihn herum.

Über eine Stunde verging, bevor er sich erhob und sich auf den Weg zur Berghütte machte, die er zehn Minuten später erreichte. Noch immer war es ganz ruhig in dem Blockhaus. Er sah auf die Uhr. In wenigen Minuten würde der Wecker klingeln, um die fünfunddreißig jungen Leute zu wecken, die in dieser prachtvollen Landschaft ihre Pfingstferien verbrachten. Das Frühstück jedoch würde erst in einer Stunde beginnen.

Thorsten setzte sich auf die Bank vor dem Haus. Die Sonne stand inzwischen am Himmel, dessen stahlblaue Endlosigkeit nur von ein paar winzig kleinen Wölkchen durchlöchert wurde. Wie zerfranste Wattebäusche sahen sie aus, ohne Bewegung, als wären sie ans Firmament geklebt worden.

In der Stille des anbrechenden Tages war ihm endlich klar geworden, dass er sich ganz in den Dienst der *Church of god* stellen würde, der er seit fast einem Jahr angehörte. Hatte sie ihm nicht all das gegeben, was er bis dahin vermisste? Familie, Zuneigung, Lebenssinn? Hatte nicht sie ihn aus den Fängen der Drückerkolonne befreit? Niemals wäre er ohne sie der angedrohten Strafe Maruschkes entflohen, nachdem er es tatsächlich gewagt hatte, das Team über den Inhalt seines Gesprächs mit dem korrupten Kolonnenführer zu informieren. Es waren die Menschen der *Church of god*, die schützend ihre Hand über ihn gehalten und ihn bei sich aufgenommen hatten. Sie waren es, durch die er sich seine Selbstachtung zu bewahren vermochte. Das eine Jahr, das er mit den Gläubigen verbracht hatte, es war die schönste, die beste, glücklichste Zeit seines Lebens gewesen. Außerdem war er doch jetzt schon mit Leib und Seele dabei. Sein Halbtagsjob als Verkaufsfahrer diente doch ohnehin nur seiner Existenzsicherung. Wofür er brannte, das war sein neu erworbener Glaube. Und es waren die Menschen, denen er so unendlich viel zu verdanken hatte.

Das Haus fing an, lebendig zu werden, man hörte Stimmen und das Klappern von Geschirr aus der Küche. „Du bist ja ein richtiger Frühaufsteher!" Gerd Breuer, Leiter der lokalen Gemeinde in Ravensburg, setzte sich zu ihm auf die Bank.

„Ich bin schon seit zwei Stunden auf den Beinen", lachte Thorsten. „ich wollte mir das Erwachen des Tages nicht entgehen lassen."

Der asketisch wirkende Mann in Bluejeans, Sandalen und einem weißem T-Shirt, das auf der Brust in roten Druckbuchstaben die Aufschrift *Wenn dein Gott tot ist, nimm doch meinen* trug, nickte ihm freundlich zu. „Der Morgen ist die schönste Zeit des Tages. Zu keiner Zeit sind wir Jesus so nahe, wie dann, wenn der Morgen erwacht." Gerd Breuer rückte ein wenig näher. „Hat er zu dir gesprochen?"

Thorsten nickte.

„Dann lass uns ein wenig spazieren gehen. Ich bin gespannt, was du mir zu sagen hast."

Während sie eine kleine Anhöhe erklommen, von der aus man einen vortrefflichen Blick über die Berglandschaft genoss, legte ihm sein Mentor väterlich den Arm um die Schulter. „Ich bin sehr, sehr froh über deine Entscheidung", sagte er, nachdem Thorsten sie ihm mitgeteilt hatte. Breuer sah ihm freudestrahlend in die Augen. „Es ist jedoch keine Überraschung für mich, denn heute Nacht hatte ich einen Traum. Ich will ihn dir erzählen." Sie setzten sich Seite an Seite ins hohe Gras und sahen auf den klaren Bergsee hinunter. „Ich befand mich im Traum dort unten im Tal, ganz in der Nähe des Sees auf der Wiese, inmitten einer Schafherde, als jäh ein fürchterliches Unwetter aufzog. Dunkle Wolken standen am Himmel, Blitze zuckten hernieder, Orkanböen knickten selbst starke Bäume wie Streichhölzer ab und wirbelten die Dächer der Bauernhäuser und andere Gegenstände durch die Luft, als wären sie federleicht. Die Schafe liefen ängstlich in alle Richtungen auf und davon. Plötzlich befand ich mich wieder hier auf dem Berg. Dorthin hatten sich die jungen Lämmer der Herde verirrt. Die meisten von ihnen befanden sich noch weiter oben, völlig verängstigt standen sie zitternd und blökend an dem unzugänglichen Steilhang direkt hinter uns. Für sie schien es keine Rettung zu geben. All unsere jungen Leute waren aufgeregt aus der Berghütte gelaufen und berieten, was man für die Rettung der Lämmer tun könne, einige beteten für sie, doch keiner von ihnen wagte den gefährlichen Aufstieg. Nur einer löste sich schließlich aus unserer Gruppe, fasste sich ein Herz und kletterte zu ihnen hinauf, um sie eins nach dem anderen auf seinen Schultern hinunter zu tragen. Immer und immer wieder begab er sich mühevoll den Steilhang hinauf und kam dann mit jeweils einem der Lämmer auf seiner Schulter zurück. Die ganze Zeit über konnte ich sein Gesicht nicht erkennen, doch dann, als er das letzte Schaf herab gebracht hatte, erkannte ich ihn. Du Thorsten, du warst der Retter der Schafe. Und da wurde mir klar, dass du dein Talent einsetzen wirst, um die Verirrten und Verängstigten unter den jungen Leuten in dieser Welt, die Gammler und Hippies, die Drogensüchtigen und politisch Verirrten in der linken Szene, die unser Land mit ihren Che Guevara Parolen, Mao-Bibeln und Anschlägen unsicher machen, das du sie zum Schäfer der Herde zurück bringen wirst." Tief bewegt wandte er sich Thorsten zu. „Du hast eine großartige Zukunft vor dir. Lass dich umarmen."

In der Pfingstbewegung brauchte man, um sich Reverend nennen zu können, kein Theologiestudium. Was man benötigte, war außer dem Glauben an Jesus, Enthusiasmus, rhetorisches Talent und die Fähigkeit Menschen zu überzeugen. Thorsten besaß all diese Voraussetzungen. Als geborener Autodidakt eignete er sich die Kenntnisse und Fähigkeiten, die ihm noch fehlten, durch die Beobachtung anderer talentierter Referenten und das intensive Studium einschlägiger Literatur in relativ kurzer Zeit an.

Innerhalb von nur vier Jahren war er im Alter von Fünfundzwanzig zum jüngsten und erfolgreichsten Jugendreferenten innerhalb der Bewegung geworden. Schon längst war er nicht mehr nur im näheren Umkreis von Ravensburg tätig. Seine Einsätze erfolgten mittlerweile im gesamten Bundesgebiet. Er erhielt sogar Einladungen aus Österreich und der Schweiz und einmal war er sogar in die Vereinigten Staaten geflogen, um in der religiösen TV-Show von T. L. Hepburn aufzutreten. Dort hatte man einen Übersetzer engagiert, damit er seine durch die Predigt von Hepburn erfolgte dramatische Lebenswende auf Deutsch erzählen konnte. Die Besucherzahl in seinen Veranstaltungen steigerte sich Jahr für Jahr. Die Jugend in den örtlichen Gemeinden tat ihr Bestes, damit sich die gemieteten Sporthallen und Säle mit Menschen füllten, wenn sie erfuhren, Thorsten Klüwer werde in ihren Ort kommen.

In den USA war die sogenannte Jesus-Revolution ausgebrochen. Überall bekehrten sich scharenweise junge Hippies, und die Geschichte machte Schlagzeilen in der amerikanischen Presse. Wenig später erschien das Phänomen auch in Deutschland. Viele Studenten hatten sich nach den wilden sechziger Jahren desillusioniert von der außerparlamentarischen Opposition und seinem Begründer Rudi Dutschke abgewandt und begaben sich auf die spirituelle Sinnsuche. Kahl rasierte, in orangefarbene Gewänder gehüllte Krishna Jünger hüpften chantend und singend durch die Fußgängerzonen. Man folgte den Beatles und übte sich in transzendentaler Meditation. Indische Gurus mit Vollbärten, exotischen Gewändern und hypnotischem Blick sammelten überall im Lande Jünger um sich und die deutschen Ableger der Jesus People Bewegung predigten leidenschaftlich auf den Straßen, diskutierten mit den Interessierten in sogenannten Teestuben und tauften die Bekehrten öffentlich in Flüssen und Seen. Der unkonventionelle Vortragsstil Thorstens entsprach den Erwartungen der suchenden jungen Leute, unter denen Wohlstand und Karrierestreben damals ebenso verpönt war, wie heute die winzige Minorität der Rechtsradikalen. Es war keineswegs ungewöhnlich, wenn sich an einem Abend mehr als hundert Besucher für das neue Leben entschieden, dessen Vorzüge Thorsten euphorisch und gestenreich veranschaulichte.

Thorsten blühte in seiner neuen Aufgabe auf wie eine Blume, die von steinigem Grund in nährenden Humusboden umgesetzt wurde.

16

Die meisten Chöre der lokalen Gemeinden, die Thorsten besuchte, sangen ihm zu altbacken und traditionell. Als er diesen Eindruck Gerd Breuer vortrug, fand er sofort offene Ohren. Er wählte die besten sieben Sänger und Sängerinnen aus seinem Chor aus und stellte sie ihm zur Verfügung. Sie mussten nicht nur hervorragend singen können, sondern auch zeitlich unabhängig sein, um ihn als Gesangsteam auf jeder seiner Reisen begleiten zu können.

Es war in Hamburg, als Thorsten an einer der Chorproben teilnahm, weil ihm eine bestimmte Passage im Lied nicht dynamisch und kraftvoll genug vorgetragen wurde. Nach der Probe fuhren die Chormitglieder mit einem Kleinbus zurück ins Hotel. Thorsten blieb zurück, er hatte noch eine Besprechung mit den Tontechnikern, weil die Mikrophon-Übertragung am Vortag mangelhaft gewesen war. Als er danach die Halle verließ, stand Kerstin, eine der Sängerinnen vor seinem Auto.

„Kerstin, ich sagte euch doch, ihr braucht nicht auf mich zu warten." Er sah sich nach den anderen um.

„Die sind ohne mich losgefahren", sagte sie, „kannst du mich mitnehmen?"

„Natürlich!" Mit zwiespältigen Gefühlen sperrte er die Wagentür auf. Einerseits freute er sich über ihre Anwesenheit, denn ihre Schönheit zog ihn an wie ein starker Magnet, andererseits wollte er Situationen wie diese vermeiden, weil sich in den letzten Wochen die Zeichen dafür gehäuft hatten, dass sich nicht nur bei ihm eine starke Zuneigung zu der verheirateten jungen Frau entwickelt hatte. Auch ihre Signale waren eindeutig. Es ging von ihr aus wie ein starkes Parfüm und wann immer sich ihre Blicke begegneten, funkte es zwischen ihnen.

Erst vor vier Wochen, als sie mit dem Kleinbus unterwegs waren und nach der Pause in einer Raststätte wieder einstiegen, hatte es der Zufall ergeben, dass er neben ihr saß. Während der langen Fahrt in der Nacht war er irgendwann eingeschlafen. Als er erwachte, bemerkte er, dass er zu ihr hinüber gerutscht war, sein Kopf lag auf ihrer Schulter, seine Schulter eng an der ihren. Seine Vermutung, auch sie würde schlafen, bestätigte sich aber nicht. Kerstin war hellwach und genoss seine körperliche Nähe offenbar ebenso wie er die ihre. Er hatte daraufhin die Augen wieder geschlossen und so getan, als schlafe er noch. Über eine Stunde lag er dann so nahe bei ihr, nahm wahr, wie sich ihre Brüste beim Atmen hoben und senkten, er sog den angenehmen Duft ihrer Haut ein und spürte die Wärme ihres erregenden Körpers, wobei sich seine Sinne verwirrten und in seiner Phantasie Bilder erzeugten, für die er sich anschließend schämte, sie jedoch nicht zu bereuen vermochte, so sehr er sich auch darum bemühte.

Ein Reverend musste zwar nicht ehelos bleiben. Ehebruch aber, auch einer, der sich nur in Gedanken vollzog, war tabu. Während sein Körper so nah an dem ihren gelegen hatte, war zum ersten Mal der heiße Wunsch in ihm aufgestiegen, sie in seinen Armen zu halten. Danach träumte er immer wieder von ihr, und wenn er aufwachte, empfand er ein so unbändiges Verlangen nach ihrer Nähe, dass nur eine kalte Dusche die Hitze in seinen Lenden abzukühlen vermochte.

Nun aber saß sie wiederum neben ihm im Auto und all die Wünsche, die sich mit ihr verbanden, kochten erneut in ihm hoch. Kerstin war nicht nur attraktiv und erotisch, sondern aufgrund ihrer Herzenswärme und angenehmen Ausstrahlung eine Frau, wie er sich eine Gefährtin an seiner Seite vorstellte. Zwar wusste sie genau, was sie wollte und war durchaus fähig, ihre Meinung im Chor durchsetzen, doch sie tat dies nie altklug oder vorlaut, sondern mit sanfter Gewalt.

„Wie können die anderen denn einfach ohne dich abfahren?" fragte er, als sie losfuhren.

„Susanne hatte mir versprochen, mich nach der Gesangsprobe abzuholen, um mir Hamburg zu zeigen. Aber sie kam nicht, hat es wohl vergessen. Ich habe fast eine halbe Stunde auf sie gewartet."

„Verstehe."

„Sag Thorsten, bist du nun zufrieden mit der Passage im Lied?"

„Oh ja, da ist jetzt vielmehr Pep drin. Genauso hab ich es mir vorgestellt."

„Das freut mich."

„Ich hab niemals daran gezweifelt, dass ihr das hinkriegt."

Sie fuhren einige Minuten, ohne miteinander zu sprechen. Kerstin hatte die ganze Zeit über aus dem Fenster gesehen. „In Hamburg könnte es mir gefallen", schwärmte sie, „eine schöne Stadt. Was meinst du?"

„Schön ist sie zweifellos, aber viel zu regnerisch und zu kalt. Wann immer ich hier oben bin, ist alles Grau in Grau. Ich brauche Sonne, dann lebe ich auf."

„Da geht es mir allerdings genauso wie dir."

„Dann wäre wohl Hamburg für dich auch nicht die richtige Stadt?"

„Stimmt. Vielleicht eher München. Oder noch besser Freiburg, die haben doch die meisten Sonnentage im Jahr. Oder täusche ich mich?"

„Nein, nein, da liegst du ganz richtig. Aber – gefällt es dir denn in Ravensburg nicht?"

Sie seufzte. „Ich würde gerne woanders wohnen."

„Aus welchem Grund?"

„Weiß nicht genau. Fernweh vielleicht!"

„Aber Kerstin, du bist doch ohnehin fast nie zu Hause. In den letzten Wochen waren wir doch andauernd unterwegs."

„Das schon."

„Was ist dann der Grund für dein Fernweh?"

„Willst du eine ehrliche Antwort?"

„Natürlich. Was sonst?"

„Es hängt mit Peter zusammen."

„Deinem Mann? Habt ihr denn Probleme?" Er sah zu ihr hinüber.

Sie schüttelte ihren blonden Lockenkopf und senkte den Blick.

„Woran liegt es? Doch hoffentlich nicht daran, dass du so oft unterwegs bist?"

„Nein, daran sicher nicht. Peter ist doch auch ständig weg. Manchmal die ganze Woche. Und das schon seit Jahren. Ich war gerade mal zwei Jahre mit ihm verheiratet, als er seinen Job wechselte. Seither ist er die ganze Woche über auf Montage."

„Kann er denn keinen anderen Job finden?"

„Er will gar keinen anderen finden."

„Wieso denn?"

„Er spricht nicht darüber, aber ich glaube, ich kenne den Grund. Ich kann seinen größten Wunsch nicht erfüllen. Peter wollte unbedingt Kinder, am besten zwei oder drei, doch ich kann leider keine Kinder bekommen."

„So wichtig ist ihm das?"

„Allerdings"

„Ich verstehe das nicht. Er hat dich doch sicher um *deinetwillen* geheiratet oder?"

„Ach weißt du, wir waren damals doch beide noch so jung. Ich achtzehn, er zwanzig. Da hat man doch überhaupt noch keine Ahnung, was Liebe ist. Das merkt man erst später."

Das Gespräch verlief nun in eine Richtung, die Thorsten eigentlich vermeiden wollte, doch jetzt konnte er dem Versuch nicht widerstehen herauszufinden, wie sie für ihn empfand. Er wusste, dass er mit dem Feuer spielte, aber ein geradezu unwiderstehlicher Drang machte es ihm unmöglich, das Thema zu wechseln. „In welchem Alter merkt man denn, was Liebe ist?" fragte er deshalb.

Kerstin war bewusst, welchen Zweck seine Frage verfolgte, denn sie wusste ja um seine Zuneigung ihr gegenüber. Doch auch Kerstin befand sich im Zwiespalt. Zwar wäre ihr nichts lieber gewesen, als ihm ihre Gefühle zu bekennen. Andererseits wurde ihr Angst und Bange bei dem Gedanken, Thorstens Image durch eine Liebesaffäre zu schaden und seinen Dienst zu gefährden. „Ich weiß nicht wie alt man sein muss, um es zu merken", antwortete sie daher ausweichend, aber mit achtzehn ist man in jedem Fall noch zu jung."

„Ich bin mir nicht sicher, ob es vom Alter abhängig ist."

„Sondern?"

„Vielleicht sind meine Vorstellungen zu idealistisch, aber ich denke, wahre Liebe spürt man unabhängig vom Alter im Herzen, obwohl ich bisher noch nicht das Glück hatte, diese Erfahrung zu machen."

„Warst du denn noch nie verliebt?"

„Verliebt schon."

„Aber die wahre Liebe hast du wohl noch nicht gefunden?"

Worauf hatte er sich da nur eingelassen? Was sollte er darauf antworten? Saß nicht die Frau neben ihm, bei der er genau diese Empfindung zum ersten Mal hatte? Wie gern hätte er es ihr bekannt. Doch was dann? Was wäre damit gewonnen gewesen? Es gab doch noch nicht einmal die leiseste Hoffnung, mit ihr zu leben. „Nein", log er deshalb.

Nun war es Kerstin, die nach Bestätigung suchte. „Thorsten, wirklich noch nie?" Die Tonlage, in der sie die Frage stellte, ließ keinen Zweifel darüber zu, welche Antwort sie erwartete.

Er sah zu ihr hinüber. Als sich ihre Blicke trafen, erschien es ihm plötzlich sinnlos, seine Gefühle für sie weiterhin zu verbergen. „Ach Kerstin", seufzte er.

„Meinst du nicht, wir sollten einmal darüber sprechen? Ganz offen?"

„Was würde das bringen?"

„Was bringt es, wenn wir weiterhin schweigen und nur unsere Blicke sprechen lassen?"

Eine Zeitlang fuhr er schweigend weiter, dann bog er spontan in eine Seitenstraße und brachte den Wagen zum Stehen. Sie hatte recht. So wie bisher konnte es nicht weitergehen. Insbesondere nicht nach diesem Gespräch, das ihre Empfindungen füreinander offen gelegt hatte. „Also lass uns darüber reden", sagte er, ohne sie anzusehen.

„Ich will dich nicht bedrängen. Wenn du meinst, es hat keinen Sinn darüber zu sprechen, dann fahr bitte weiter."

„Kerstin, wenn du nicht verheiratet wärst", platzte es aus ihm heraus", dann würde ich dir nur allzu gern sagen, dass, dass ich..." Er kam ins Stocken.

„Warum sagst du es denn nicht? Ich weiß es doch sowieso."

Der Blick in ihre Augen, die ihn verliebt ansahen und wie ein makelloser Saphir in reinstem Blau funkelten, ließ seine künstlich aufgerichtete Mauer zerbrechen. „Es stimmt", sagte er, „ich liebe dich Kerstin. Ich...!"

Sie strich ihm zaghaft über die Wange. „Ich liebe dich auch. Schon sehr lange."

„Wie lange denn?"

„Schon bei unserem ersten Einsatz in Zürich, wann war das...?

„Mindestens ein halbes Jahr ist das her."

„Seither kämpfe ich mit meinen Gefühlen." Sie sah zur Windschutzscheibe hinaus. „Obwohl ich weiß, wie aussichtslos alles ist."

Es war ihm unmöglich, die starke Zuneigung, die er für sie empfand, aus Rücksicht auf seinen Glauben weiterhin zu verleugnen. Er zog sie sanft an sich, sah ihr tief in die Augen und küsste sie auf die Stirn, die Nase, die Lippen. Vor Erregung begann er zu zittern.

„Ach Thorsten" flüsterte sie, „wie sehr habe ich mich danach gesehnt."

Sie vergaßen alle Gebote, Verbote und Regeln. Und als sie sich küssten, leidenschaftlich und lang, wurde ihr Vorsatz, sich an sie zu halten, so unwichtig und irrelevant wie ein einzelner Tautropfen, der ins Meer versinkt und eins mit ihm wird.

In dieser Nacht benutzten sie im Hotel, von allen unbemerkt, nur ein Zimmer. Danach war nichts mehr so wie vorher.

17

Je länger ihre geheim gehaltene intime Beziehung währte, je mehr sich ihre Zuneigung vertiefte, desto größer wurde der innere Zwiespalt, in dem sich die Beiden befanden. Denn sie betrogen nicht nur den Ehemann Kerstins, den Thorsten gut kannte, sie hintergingen auch all jene Menschen, die ihnen vertrauten und zu ihnen aufschauten.

Etliche Male lagen sie sich nach ihren Liebesnächten im Hotelzimmer beim Abschied verzweifelt in den Armen und trafen den festen Vorsatz, die illegitime Beziehung endlich zu kappen, doch vergingen meistens nur wenige Tage, bis sie sich wiederum im Geheimen trafen und sich nicht gegen das Empfinden zu wehren vermochten, dass sie füreinander bestimmt sein mussten.

Bisher hatte niemand von ihrer Beziehung erfahren, weil sie in der Öffentlichkeit förmlich miteinander umgingen und peinlich genau darauf achteten, sich nicht durch einen allzu vertrauten Umgang miteinander zu verraten.

Die Liebe zu Kerstin wirkte sich nicht abträglich auf das geistliche Amt Thorstens aus, denn in seiner eigenen Wahrnehmung tat er nichts Falsches. Er begriff nicht, weshalb ihr Verlangen, miteinander zu leben, ein Vergehen sein sollte und Thorsten hätte nur allzu gerne mit Gerd Breuer darüber gesprochen. Kerstin war unglücklich verheiratet und hätte sich zweifellos scheiden lassen. Und für ihn wäre es überhaupt keine Frage gewesen, sie zu heiraten. Doch sie kannten die ehernen Moralgesetze der *Church of god* viel zu gut, als dass sie auch nur die winzigste Chance darin sahen, ihre Liebe zueinander öffentlich zu machen.

Irgendetwas musste geschehen. Über ein viertel Jahr waren sie nun schon gezwungen, das unwürdige Spiel zu treiben. Ein liebender Blick in die Augen, wenn sich niemand in ihrer Nähe befand. Geheime Küsse, wenn sie sich unbeobachtet wähnten. Erlogene Geschichten, um miteinander allein sein zu können. Das Schleichen auf das Zimmer des anderen, nach den Veranstaltungen, auf den Hotelgängen, in der Nacht, nach links und rechts spähend, um sicher zu sein, von niemandem gesehen zu werden. Aber noch hatten sie keine Lösung. Denn letzthin gab es nur zwei Alternativen: sich auf immer zu trennen oder die *Church of god* zu verlassen, um endlich zusammen zu leben. Beides schien ihnen jedoch unmöglich zu sein.

18

Gerd Breuer saß über der Buchhaltung, als es an seiner Tür klopfte. Er bat den Besucher herein.

Ralf Ascher betrat das schlicht eingerichtete Büro. Der unverheiratete Mann, als Frührentner zeitlich unbeschränkt verfügbar und daher als Fahrer des Kleinbusses tätig, mit dem das Team Thorstens umher reiste, war aufgrund seiner langjährigen Zugehörigkeit, Treue und Loyalität, einer der zuverlässigsten Mitarbeiter Breuers. „Hast du einen Augenblick für mich Zeit?" fragte er.

„Für dich immer Ralf." Er ging auf ihn zu, um ihm die Hand zu schütteln. „Du siehst nicht gut aus. Du wirst doch nicht krank sein?"

Der hagere, schmalbrüstige Mann mit den eingefallenen Wangen sah immer ein wenig blass und schwindsüchtig aus, doch heute hatte er dunkle Ränder unter den Augen und seine Haut war so fahl wie die eines Fiebernden. „Es geht mir auch nicht besonders gut Gerd, aber das hat andere Gründe."

Breuer war bestürzt. „Was ist denn geschehen? Aber nimm doch zuerst einmal Platz. Kannst dich ja kaum auf den Beinen halten." Er zog einen Stuhl heran und wartete, bis Ascher saß. Dann kehrte er hinter seinen Schreibtisch zurück. „Ist etwas mit deiner Mutter?" Sie musste schon jahrelang dreimal wöchentlich zur Dialysestation und hatte schon öfter als einmal mit dem Tode gerungen.

„Mit meiner Mutter ist alles in Ordnung. Es geht ihr den Umständen entsprechend gut." Er sah eine Weile zu Boden.

Als er wieder aufsah, hatte er feuchte Augen. „Es fällt mir sehr schwer, darüber zu sprechen. Nicht zuletzt, weil ich weiß, wie sehr du Thorsten in dein Herz geschlossen hast."

Breuer erschrak. „Ist ihm etwas passiert?"

„Wenn du so fragst: Er hatte tatsächlich einen Unfall, aber nicht mit dem Auto, körperlich ist er unversehrt, aber seine Seele wurde beschädigt."

Breuer wurde ungeduldig. „Ralf, spann mich bitte nicht auf die Folter."

Ralf Ascher blickte wieder zu Boden. „Thorsten lebt in Sünde", sagte er mit brüchiger Stimme. „Er hat ein Verhältnis mit Kerstin Mittendorf. Und zwar nicht erst seit gestern."

Breuer durchfuhr es, als hätte er versehentlich eine elektrisch geladene Leitung berührt. Er sprang auf. „Das ist unmöglich, völlig unmöglich! Ich habe ihn gestern predigen gehört. Ein Mann, der in Sünde lebt, könnte unmöglich so vollmächtig und kraftvoll zu uns sprechen! Du musst dich täuschen." Er trat auf ihn zu und ergriff ihn bei den Schultern. „Ich verlange Beweise, hieb- und stichfeste Beweise. Woher hast du diese Information? Wer hat diese hässlichen Gerüchte in Umlauf gesetzt? Man will ihm schaden, man will seine Karriere vernichten, ganz klar!"

Ascher schüttelte traurig den Kopf. „Ach Gerd. Wären es doch nur Gerüchte! Wären es doch nur niederträchtige Lügen! Niemand würde sich darüber mehr freuen als ich. Aber ich habe es mit eigenen Augen gesehen. Nicht nur einmal, wie gesagt. Du kennst mich doch Gerd. Niemals würde ich einem Gerücht Glauben schenken. Ich weiß es schon eine ganze Weile und hoffte, er würde womöglich selbst zu dir kommen, um seine Tat zu bereuen. Aber das ist nun schon vier Wochen her und es geht immer weiter. Da konnte ich einfach nicht mehr schweigen."

„Ralf, sag mir jetzt, was du beobachtet hast." Breuer hatte wieder hinter dem Schreibtisch Platz genommen. Seine Stimme war fordernd.

„Wir hatten einen Einsatz in Frankfurt. Wie du weißt, wache ich seit geraumer Zeit nachts öfter auf und kann dann nicht mehr einschlafen. Es war etwa zwei Uhr nachts, die Wände des Hotels waren dünn und so hörte ich im Zimmer nebenan Geräusche, die nur einen einzigen Rückschluss zuließen. Ich wusste, dass es auf Kerstin gebucht war, beruhigte mich jedoch mit dem Gedanken, ihr Mann habe sie womöglich besucht, weil er doch in seinem Beruf als Monteur öfter auf Reisen ist und womöglich gerade in Frankfurt arbeitet. Etwas anderes, als dass er bei ihr sein könnte, kam mir überhaupt nicht in den Sinn. Die Geräusche wurden jedoch allzu heftig und daher zog ich mich an und ging im Park des Hotels für etwa eine halbe Stunde spazieren. Als ich ins Hotel zurückkehrte, ich will gerade den Gang betreten, der zu meinem Zimmer führt, da sehe ich Thorsten, wie er aus Kerstins Zimmer kommt und die Türe leise hinter sich schließt. Ich wich jäh zurück, um ihn nicht zu beschämen und wartete dann, bis er sich entfernt hatte. Weil ich ebenso wie du nicht glauben konnte, was an sich keinen Zweifel mehr zuließ, hatte ich von da an ein Auge auf die Beiden. Mittlerweile weiß ich, dass sie es nahezu in jeder Nacht miteinander treiben, wenn sie auf Reisen sind. Das sind die traurigen Tatsachen Gerd."

Breuer war, während Ascher seine Beobachtungen vortrug, immer mehr in sich zusammen gesunken. Natürlich wusste er um die menschlichen Schwächen, mehr als einmal hatte er Fälle wie diese erlebt, doch dass Thorsten, sein Thorsten, den er wie einen Sohn aufgenommen und aufgebaut hatte, sein Vertrauen derart missbrauchte, schien ihm unbegreiflich. Lange Zeit saß er schweigend und starrte ins Leere. Er erinnerte sich an seinen Traum, in welchem ihm Thorsten als Retter der Lämmer erschienen war. War es denn möglich, dass dieser Traum nun bedeutungslos werden würde? Konnte es sein, dass ihm eine Liebesaffäre das Genick brechen würde? Denn eines stand fest: Würde er sie nicht bereuen, könnte er ihn nicht mehr halten. Es wäre mit seiner Karriere vorbei. „Weiß eigentlich außer dir und mir noch jemand anderes Bescheid?" fragte er schließlich.

Ralf Ascher schüttelte den Kopf. „Natürlich nicht, Gerd. Und ich kam nur deshalb zu dir, weil ich mich unfähig fühlte, mit ihm zu sprechen. Das überlasse ich dir." Er erhob sich, um zu gehen.

Gerd begleitete ihn zur Tür und umarmte ihn. „Vielen Dank, Ralf. Bete, dass Thorsten zur Einsicht gelangt."

19

Thorsten besuchte an jenem Tag seine Mutter. Sie war vor zwei Jahren an einem Krebsleiden erkrankt und stand erneut vor einer Operation, nachdem sie schon zwei andere über sich ergehen lassen musste. Er hatte erst nach seiner Lebenswende wieder Kontakt mit ihr aufgenommen, pflegte ihn jedoch seitdem regelmäßig. Mindestens einmal pro Woche rief er sie an und wenn er sich in der Nähe von Kaufbeuren befand, nahm er sich jedes Mal Zeit, um sie zu besuchen.

Seinem Stiefvater begegnete Thorsten zwar noch immer kühl und distanziert, doch er hasste ihn nicht mehr und wenn er ihm während eines Treffens mit seiner Mutter begegnete, war von dem Groll, den er früher gegen ihn gehegt hatte, nichts mehr zu spüren.

Der Himmel war bewölkt, als er in seiner Heimatstadt eintraf. Zu seiner Verwunderung stand nicht die Mutter, sondern Leiding am Bahnsteig und fuhr ihn mit dem Auto nach Hause. „Es geht ihr sehr schlecht", sagte er während der Fahrt durch die vertrauten Straßen seiner Heimatstadt, „erschrick nicht, wenn du sie siehst, die Chemotherapie hat sie sehr mitgenommen."

„Ich weiß um die Therapie, aber dass es ihr so schlecht geht, hat sie mir am Telefon nicht gesagt!"

„Wahrscheinlich wollte sie dich nicht beunruhigen."

Er war darauf gefasst, sie kahlköpfig und abgemagert in die Arme zu schließen, doch als er sie schließlich umarmte, musste er mit den Tränen kämpfen, so schwach und gebrechlich war sie geworden.

Sie lag während des gemeinsamen Kaffeetrinkens auf der Couch, weil ihr das Sitzen zu anstrengend war. Sein Stiefvater räumte anschließend den Tisch ab. Thorsten wunderte sich, als er sie danach sanft auf die Stirn küsste und sich diskret entfernte. Offenbar hatte ihn die schwere Krankheit der Mutter verändert.

„Komm näher, Thorsten, setz dich zu mir", sagte sie, als er nicht mehr im Raum war.

Er erhob sich und nahm neben ihr auf der Couch Platz. Sie ergriff seine Hand und streichelte sie. „Vielleicht ist es das letzte Mal, dass wir so zusammen sitzen", begann sie, „offen gesagt, habe ich wenig Hoffnung, dass sie die Metastasen in meinem Körper besiegen."

So schlimm stand es also um sie? Thorsten kämpfte wiederum mit den Tränen.

Sie drückte seine Hand. „Ich sag dir das nicht, um Mitleid zu heischen, mein Sohn, ich möchte nur, dass du weißt, wie es um mich steht. Ich habe mich schon damit abgefunden, zu gehen." Sie lächelte ihm liebevoll zu und suchte seine Tränen zu trocknen. „Ich bin so stolz auf dich und so froh über deine Entwicklung, dass mir das Sterben leicht fällt. Und was du mir kürzlich sagtest über den Tod und was danach kommt, macht es mir noch leichter."

Er hatte vorgehabt, ihr Mut zuzusprechen und Hoffnung zu machen, doch ihre Einsicht in das Unvermeidbare ging so stark von ihr aus, dass es ihm nicht nur sinnlos, sondern auch unangebracht erschien, sie davon abzubringen. Wie stark hatte sie die Krankheit gemacht. Wie sehr war sie gereift.

„Wenn man kurz davor steht, die letzte Reise anzutreten", fuhr sie fort, „gewinnt man Eindrücke, für die man zuvor blind ist. Schon als du mich heute begrüßtest, Thorsten, empfand ich, dass dich etwas bedrückt. Willst du darüber sprechen?"

„Mutti, damit will ich dich nicht beschweren. Du brauchst deine Kräfte jetzt für die Operation."

Ein müdes Lächeln spielte um ihre Mundwinkel. „Red' dich jetzt nicht heraus. Ich mag körperlich schwach sein, doch das gilt nicht für meine Seele."

Nachdem er ihr seine Liebe zu Kerstin bekannt und all die Schwierigkeiten aufgezählt hatte, die sich mit der Beziehung verbanden, lag sie lange mit geschlossenen Augen und schwieg. Als sie die Augen öffnete, sagte sie: „Ich hoffte, dir *einmal* einen Rat geben zu können. Wenigstens *einmal*. Aber jeder Rat, den ich dir jetzt geben würde, wäre Unrat. Diese Entscheidung kannst nur du selber treffen. Dabei kann dir niemand helfen, auch ich nicht. Ach Thorsten, du hast bisher schon so viele schwierige Situationen gemeistert. Du wirst auch in dieser bestehen. So viel ist sicher."

Bevor er seine Mutter verließ, versprach er, sie im Krankenhaus zu besuchen. Sie umarmte ihn und ließ ihn lange nicht los, ganz so, als wäre dieser Abschied endgültig und auch der Blick, den sie ihm zuwarf, als er ihr schon in der Tür stehend zuwinkte, schien ihm für immer Adieu sagen zu wollen.

Eine Stunde, nachdem er am späten Abend nach Ravensburg zurück gekehrt war, erreichte ihn ein Anruf Gerd Breuers, der sich freundlich nach dem gesundheitlichen Zustand seiner Mutter erkundigte und ihn anschließend bat, am Nachmittag des nächsten Tages um zwei Uhr bei ihm im Büro zu erscheinen. Den Morgen solle er nutzen, um sich ein wenig zu erholen.

20

Als Thorsten am Nachmittag auf dem Diwan in Breuers Wohnzimmer Platz genommen hatte, stand er noch ganz unter dem Eindruck des Besuchs bei seiner schwerkranken Mutter. Während der Zufahrt hatten ihn all die bitteren Ereignisse im Hause seines Stiefvaters, die er über Jahre verdrängt hatte, wieder eingeholt. Daher sprach er zum ersten Mal in aller Offenheit über seine schwierigen Kinder- und Jugendjahre, nachdem Gerd Breuer ihn gefragt hatte, wie er eigentlich aufgewachsen sei.

Breuer hatte aufmerksam zugehört. „Ach Thorsten, nun wird mir vieles klar." Er legte die Stirn in Falten. „Hättest du mir doch früher davon erzählt, dann hätte ich dir vielleicht helfen können."

„Aber Gerd, du hast mir geholfen. Ich kenne niemand, der mir mehr half als du. Was ich heute bin, verdanke ich Jesus und dir."

„Ich meine nicht deine Lebenswende, auch nicht deinen Dienst. Es geht um ein tieferes Problem, eines in deiner Seele, das noch ungelöst ist."

Thorsten stutzte. „Worauf willst du hinaus?"

„Thorsten, mir ist durchaus bewusst, dass dich die schwere Krankheit deiner Mutter nicht unberührt ließ, aber die Sache, die ich mit dir zu besprechen habe, ist zu wichtig, zu drängend, als das ich abwarten könnte, bis du deine Trauer verarbeitet hast. Das Problem, von dem ich spreche, ist deine Beziehung zu Kerstin."

Thorsten hatte das Gefühl in ein Loch ohne Boden zu fallen. Ein leichter Schwindel überfiel ihn. Er war unfähig zu sprechen und senkte den Kopf.

„Thorsten, ich verurteile dich deshalb nicht. Unser Fleisch ist schwach, niemand von uns ist davor gefeit in die Schlingen des Widersachers zu treten. Außerdem bist du mit achtundzwanzig immer noch unverheiratet. Ich weiß nicht, ob ich den Trieb solange wie du beherrscht hätte. Ich war erst zweiundzwanzig, als ich heiratete." Er setzte sich neben ihn auf die Lehne des Sessels, auf dem Thorsten saß und legte ihm liebevoll den Arm um die Schulter.

„Wie hast du es erfahren?" fragte Thorsten mit heiserer Stimme.

„Ralf hat zufällig bemerkt, wie du mitten in der Nacht aus ihrem Zimmer kamst und dies nicht nur einmal, aber du kennst ihn ja Thorsten, er ist der letzte, der euren Fehltritt jemals an die große Glocke hängen würde. Außer ihm weiß nur ich davon."

Thorsten hatte sich wieder halbwegs gefasst. „Gerd, ich hasse das Doppelleben, zu dem ich mich gezwungen sah. Du ahnst nicht, welche Qualen ich ausstand, seit ich mich in sie verliebte. Und Kerstin geht es genauso wie mir."

„Ich bezweifle, ob es wirklich Liebe ist, Thorsten."

„Bruder Gerd, wäre es nicht Liebe, die wir für einander empfinden, hätten wir längst einen klaren Schnitt machen können. Du weißt ja nicht, wie oft wir diese Entscheidung schon trafen, doch jedes Mal überwältigte uns diese unbeschreibliche Sehnsucht; ich finde unmöglich Worte für diese starken Gefühle."

Breuer erhob sich. „Thorsten, hör mir zu." Er nahm wieder gegenüber von ihm Platz und sah mit eisenhartem Blick in seine Augen. „Ob es Liebe ist oder nicht: Du musst einen Schlussstrich unter diese Affäre ziehen! Gleichgültig was du für Kerstin empfindest. Gleichgültig was sie für dich empfindet. Sonst wirst du alles verlieren. Wir können Ehebruch unmöglich tolerieren. Und eine Scheidung kommt auch nicht in Frage. Denn was Gott zusammen gefügt hat, soll der Mensch nicht scheiden. Wenn ihr eure Verfehlung nicht einseht und eine klare Trennung vollzieht, müssen wir euch exkommunizieren. Das kannst du doch nicht wollen! Weder für sie noch für dich!"

Thorsten saß lange Zeit mit gesenktem Haupt und überlegte. Sein Verstand akzeptierte die Worte Gerd Breuers, doch seine Gefühle standen in völligem Widerspruch dazu. Wie gern hätte er dem Wunsch seines väterlichen Freundes entsprochen. Außerdem gab es ohnehin keine andere Alternative. Er liebte seinen Beruf, den er als Berufung empfand. Und er war hier zu Hause. Er hatte keine andere Heimat. Dies hier war seine Familie. Ungeheuerlich schien ihm die Vorstellung, ausgeschlossen zu werden. All das war ihm schon vorher bewusst gewesen, doch seine Gefühle hatten sich jedes Mal als mächtiger erwiesen. Aus welchem Grund sollte sich daran nun etwas ändern?

„Thorsten, ich verlange heute keine Entscheidung von dir", sagte Breuer. „Die nächsten drei Tage hast du keinen Einsatz, bist nicht unterwegs. Nutze sie, um in die Stille zu gehen und öffne dein Herz für deine innere Stimme. Danach komm wieder zu mir und teile mir deine Entscheidung mit."

Thorsten nickte und erhob sich wenig später.

Gerd Breuer nahm ihn in die Arme. „Denk an meinen Traum. Du warst der Retter der Lämmer. Kein anderer als du. Wirf deine hohe Berufung nicht weg!"

21

Thorsten setzte den Rucksack ab, setzte sich auf das weiche Moos und lehnte seinen Rücken an einen Baumstamm. Mit geschlossenen Augen suchte er dem Vogelgezwitscher und dem geschäftigen Summen der Bienen zu lauschen, wenn sie nahe an seinem Kopf vorbei brummten. Ab und zu rauschte ein leichter Wind durch die Baumkronen, deren Blätterdach ihn vor der Hitze schützte, mit der die Sonne an diesem Julinachmittag vom wolkenlosen Himmel herunter brannte. Doch weder die wohltuende Wärme auf seiner Haut noch die besänftigenden Naturgeräusche vermochten die widersprüchlichen Stimmen in seinem Inneren zum Schweigen zu bringen. Es war der zweite Tag auf seiner Wanderschaft durch die Natur. In seinem Rucksack befand sich lediglich ein kleines Zelt, um sich nachts vor Mücken und anderem Getier sowie vor Regen zu schützen. Thorsten hatte keinen Proviant, nur einen winzigen Vorrat an Wasser in einer Feldflasche, mitgenommen. Er wollte die drei Tage nutzen, um ganz ohne Nahrung und äußere Ablenkungen in sich selbst hinein zu hören. Um seinen Flüssigkeitsbedarf zu stillen, nutzte er Quellen und Bäche, von denen es in diesem Waldareal reichlich gab.

Am Abend vor seinem Abmarsch hatte er sich mit Kerstin getroffen. Wehmütig dachte er jetzt an den Abschied zurück. Sie wussten beide, dass nach seiner Rückkehr eine Entscheidung fallen musste. Ein Kompromiss wie in der Zeit zuvor war hernach ausgeschlossen. Kerstin war bereit, die

Konsequenzen zu tragen, die ihnen drohten, wenn er sich für die Liebe zu ihr entscheiden würde.

Thorsten fand keine innere Ruhe, schnallte seufzend den Rucksack auf seinen Rücken und brach wieder auf. Er lief auf einsamen Waldwegen, durchquerte dichtes Nadelgehölz, erklomm steile Anhöhen, streifte durch Wiesen und Felder. Erst ein paar Stunden später fand er einen Bach, löschte seinen Durst und füllte seine leere Feldflasche, um gleich anschließend wieder ruhelos weiter zu wandern.

Am späten Abend, die Sonne ging bereits unter, fand er mitten im Wald eine Lichtung, die ihm als Nachtlager geeignet erschien. Er schlug sein Zelt auf und setze sich anschließend, die Dämmerung erwartend, ins hohe Gras. Wiederum versuchte er auf seine innere Stimme zu lauschen; doch alles, war er in sich wahrnahm, war der kontroverse Diskurs seiner eigenen Gedanken.

Das Zwitschern der Vögel verstummte, nur das Zirpen der Grillen und das hohe Summen der Mücken waren noch zu hören. Die Dämmerung brach langsam herein.

Ein Knacken im Gehölz ließ ihn aufschrecken. Wenig später sah er am anderen Ende der Lichtung einige Rehe auftauchen. Eine Weile beobachtete er die scheuen, stets witternden Tiere beim Äsen, doch seine anfängliche Freude über ihr Erscheinen wich schon wenig später wieder jenem dumpfen Gefühl der Ausweglosigkeit und Melancholie.

Er legte sich auf den Rücken und verschränkte die Arme hinter dem Kopf. Beim Anblick der funkelnden Sterne sandte er erneut ein Gebet um Klarheit an den Himmel. Denn schon morgen Abend musste er zu einer Entscheidung gelangt sein, einer Entscheidung, die über sein gesamtes zukünftiges Leben entschied.

Er schlief auch in dieser wie schon in der vorigen Nacht unruhig, erwachte immer wieder und am Morgen erschien es ihm, als habe er überhaupt nicht geschlafen. Seine Glieder schmerzten, er fühlte sich schwach, müde und zerschlagen, der leere, knurrende Magen lehnte sich gegen die Nahrungsverweigerung auf.

Am frühen Nachmittag gelangte er auf eine Anhöhe, die den Blick auf ein idyllisch gelegenes Dorf am Fuß der Erhebung frei gab. Schon wollte er umkehren, um zu vermeiden, irgendjemandem zu begegnen, als er einen Friedhof entdeckte, der sich an die Kirche in der Mitte des kleinen Ortes anschloss. So würde unser aller Leben irgendwann einmal enden, fuhr es ihm durch den Kopf, als er die Gräber, Kreuze und Grabsteine sah. Zwar starb nicht der Geist, nur der Körper, doch daran war nichts zu ändern. Wie nie zuvor wurde ihm beim Anblick dieser Gräber bewusst, dass er die ganze Zeit, die ihm noch verblieb, ohne Kerstin verbringen müsste, wenn er sich für die andere Alternative entschied. Es würde nie mehr auch nur einen Tag geben, um liebevoll in ihre Augen zu sehen, Augen, die ihm mehr bedeuteten als alles andere auf dieser Erde. Was hatte er nicht alles in ihnen entdeckt! Ein ganzes Universum war in ihnen verborgen. Wenn sie sich angeblickt hatten, lange und voller Sehnsucht angeblickt hatten, ohne zu sprechen, gänzlich ineinander versunken, war er jemals glücklicher gewesen? Waren diese Stunden nicht immer wie im Fluge vergangen? War die Zeit nicht sogar stillgestanden? Als wäre sie nicht existent. Hatte eigentlich irgendetwas anderes in seinem Leben größere Bedeutung als in ihrer Nähe zu sein und sich von ihr geliebt zu wissen? Und nun sollte er tatsächlich auf das Kostbarste, das er je erlebt hatte, bis an sein Lebensende verzichten? Würde er je wieder so unbändig glücklich und losgelöst sein können wie mit seiner Kerstin? Würde ihm der Erfolg seiner öffentlichen Auftritte, die Anerkennung und der Bewunderung all derer, die ihn schätzten und liebten, die große Liebe seines Lebens ersetzen? Nein, sagte es in seinem Inneren. Nein und abermals Nein! Was immer auch Gerd Breuer oder die altehrwürdige Bibel darüber sagten, sein Herz sagte Nein.

Er brauchte vier Stunden, bis er, ohne zu pausieren und seinen Schritt zu verlangsamen, zu Hause angelangt war. Noch bevor er duschte und neue Kleider anlegte, rief er Kerstin an. Ihre Stimme zu hören, ließ ihn die Müdigkeit seiner schmerzenden Glieder, Durst und Hunger vergessen. Er sagte ihr, sie müssten sich noch heute treffen. Er hörte sie weinen am anderen Ende der Leitung, nachdem er ihr seine Entscheidung bekannt hatte. Doch es waren Tränen der Erleichterung und des Glücks.

Als sie eine Stunde später in seiner Wohnung erschien, liebten sie sich, zum ersten Mal überhaupt, ohne schlechtes Gewissen. Die Würfel waren gefallen. Sie wussten, was sie erwartete, wenn sie gemeinsam Gerd Breuer am nächsten Morgen aufsuchen würden. Doch die Stimmen des Zweifels, die Gefühle der Angst und des Skrupels in ihrem Inneren waren verstummt. Es war für sie nicht mehr wichtig, ob ihre Entscheidung richtig oder falsch war. Sie hatten sich für die

Stimme ihres Herzens entschieden. Das starre, unbarmherzige Dogma der Religion hatte für sie keine Gültigkeit mehr.

VIERTER TEIL

22

Manfred Chalupper, Einkäufer für den Non-Food-Bereich einer Verbrauchermarktkette, vergab keine Gesprächstermine. Wer ihn sprechen wollte, hatte gefälligst zu warten. Sein Büro befand sich hinter einer Glaswand, die es vom Warteraum für die Vertreter abtrennte. Die insgesamt sechzehn Sitzplätze in der Mitte des Warteraums waren auf eine Stange aus verchromtem Stahlrohr montiert. Acht von ihnen wiesen nach vorne, acht nach hinten. Wer den Warteraum betrat, konnte sich beim Anblick der wartenden, nebeneinander, sowie Rücken an Rücken sitzenden Vertreter nicht des Eindrucks von aufgeregten Hühnern auf einer Hühnerstange erwehren. Wann immer der Einkäufergockel hinter der Glaswand am Schreibtisch krähte: „Der Nächste!" schlugen die Vertreterhühner auf der Stange nervös mit den Flügeln, plusterten sich auf, eines von ihnen flatterte schließlich auf und davon, um wenig später devot vor dem Gockel hinter der gläsernen Trennwand zu landen und solange zu gackern, bis das Ei gelegt war. Manche der Hühner flogen jedoch auch unverrichteter Dinge aus dem Büro, gefolgt von dem wütenden Krähen des Hahns, der seine Allüren je nach Stimmung und Laune an den Hühnern abreagierte.

Thorsten hatte schon über eine Stunde gewartet, als der Hahn nach ihm krähte. Er ergriff seinen Aktenkoffer, erhob sich, schritt ins Büro, begrüßte den stiernackigen, übergewichtigen Einkäufer, der in seinen Unterlagen kramte und lediglich ein unfreundliches „'n Tag" heraus quetschte. Er ließ sich auf dem Stuhl vor seinem Schreibtisch nieder, öffnete den Aktenkoffer, entnahm ihm die Verkaufsunterlagen und wartete höflich, bis Chalupper ihm das Wort erteilte. Der Einkäufer jedoch, welcher keine Krawatte trug, sondern in einem rot karierten, offenen Hemd am Schreibtisch saß, nahm keinerlei Notiz von Thorsten. Stattdessen las er mit angespannter Miene in seinen Unterlagen. Es waren etwa fünf lange Minuten vergangen, als Chalupper erstaunt aufsah. „Wollen Sie mir nun was verkaufen oder nur meine Zeit stehlen?" Seine buschigen Augenbrauen über den zornig blickenden Augen waren nach oben gezogen, seine niedrige Stirn lag in Falten, die wenigen, struppigen Haare auf seinem massiven Schädel wirkten unfrisiert.

„Herr Chalupper, ich wollte nicht stören", beeilte sich Thorsten zu sagen, „ich..."

„Sie waren doch schon ein paarmal bei mir", unterbrach ihn Chalupper, „wissen Sie denn immer noch nicht, wie der Hase hier läuft?" Er starrte ihn herausfordernd an.

„Wie gesagt, ich wollte lediglich warten, bis Sie..."

Chaluppers Hand krachte auf den Schreibtisch. „Nun sagen Sie doch endlich, was Sie von mir wollen, verdammt noch mal! Da draußen sitzen noch vier von ihrer Sorte. Sie stehlen nicht nur mir, sondern auch ihren Kollegen die Zeit."

Thorsten schluckte seinen Ärger über die ungerechte Behandlung herunter und legte ihm den Salesfolder vor, auf dem das Produktangebot abgebildet war. „Hier sehen Sie unsere aktuelle Aktion", beeilte er sich zu sagen, „der Renner in unserem Sortiment in diesem platzsparenden, aufmerksamkeitsstarken Display. Über das Produkt brauche ich Ihnen nichts zu sagen, Sie wissen, gerade jetzt, zur Saison ist die Nachfrage wesentlich höher als sonst. Außerdem wird es ab nächster Woche im Fernsehen beworben. Das bringt zusätzliche Kaufimpulse. Darüber hinaus erhalten Sie bei Abnahme von nur zehn Displays einen Rabatt von sagenhaften fünfundzwanzig Prozent. Genügen Ihnen zehn von den Aufstellern oder sollen wir die Anzahl erhöhen, um den günstigen Rabatt auszunutzen?"

„Weder noch!" sagte Chalupper, ohne aufzusehen, „was haben Sie noch anzubieten?"

„Warum wollen Sie sich den problemlosen Zusatzumsatz entgehen lassen?" fragte Thorsten.

Chalupper glotzte ihn so erstaunt und ärgerlich an, als hätte er ihm die unverschämte Frage gestellt, welche Unterhosen er bevorzuge: Boxershorts oder Slips. „*Ich* stelle die Fragen", fuhr er ihn an, „also noch einmal: Haben Sie außer dieser Aktion noch was anderes anzubieten?"

Thorsten war perplex. Keiner seiner Kunden hatte dieses günstige Angebot bisher abgelehnt. „Ich kann ehrlich gesagt nicht verstehen, weshalb ich Sie von dieser Aktion nicht überzeugen konnte. Und ich frage mich jetzt: Liegt es womöglich an mir?"

Chalupper war einfach gestrickt und die meisten der Vertreter, die ihn besuchten, waren es auch. Seine simple Strategie der Einschüchterung, mit welcher er nicht nur die Vertreter unter Druck und in Verlegenheit brachte, sondern auch seine eigene Unsicherheit kaschierte, hatte bisher immer funktioniert. Dass Thorsten trotz seines Affronts freundlich geblieben war und keinerlei Furcht erkennen ließ, erschien ihm bereits höchst ungewöhnlich. Dass er sich jetzt aber auch noch selbst in Frage stellte, wollte ihm nicht in den Kopf gehen und erhöhte seine Unsicherheit, für deren Überwindung sein Spatzengehirn kein anderes Mittel fand, als den Druck durch seine Einkäufermacht zu erhöhen. „Sie machen alles falsch, was man nur falsch machen kann!" polterte er, „anstatt präzise auf meine Fragen zu antworten, wollen Sie jetzt auch noch von mir einen Rat, wie Sie besser verkaufen. Das müssen Sie schon Ihren Verkaufsleiter fragen. Also zum letzten Mal: Haben Sie mir noch was anderes anzubieten? Wenn nicht, sehen wir uns in vier Wochen wieder. Hoffentlich sind Sie dann besser vorbereitet. Sonst brauchen Sie gar nicht zu kommen."

Thorsten hatte ein weiteres Angebot im Köcher, war jedoch nicht in der Lage, es zu präsentieren. Seine Nerven waren zum Zerreißen gespannt. Nur mühsam unterdrückte er den angestauten Ärger über die unverschämte Behandlung. „Nein", sagte er, „das wäre alles für heute." Er schloss den Aktenkoffer und erhob sich.

Chalupper ergriff den Salesfolder, hielt ihn ihm, ohne ihn anzusehen, unter die Nase und herrschte ihn an: „Nehmen Sie das wieder mit, sonst wird mein Papierkorb zu voll!"

Thorsten nahm ihn an sich, verabschiedete sich angestrengt lächelnd und verließ im Eilschritt das Büro. Einer der wartenden Vertreter grinste unverschämt, als er den Warteraum durchquerte.

„Der Nächste", hörte er den Gockel krähen, als er die Türe hinter sich schloss.

23

Thorsten kam nackt aus der Dusche, fragte im Vorbeigehen: „Wie weit bist du, Schatz?" und verschwand im Schlafzimmer, um sich anzukleiden. Sie erwiderte, das Steak brauche noch etwa drei Minuten, dann könnten sie essen.

Kerstin hatte sein Lieblingsgericht zubereitet: Rinderfilet mit Sauce béarnaise, Folienkartoffel mit Sauerrahm, Salat mit French-Dressing. Eine Flasche französischen Rotweins stand zum Entkorken bereit. Auf dem stilvoll gedeckten Tisch brannten Kerzen.

„Hm, ist das Filet herrlich zart", schwärmte Thorsten, „du bist die beste Köchin der Welt! Lass uns anstoßen, Liebes." Sie erhoben die Gläser und brachten sie zum Erklingen. „Auf dein Wohl." Er sah ihr liebevoll in die Augen. „Ach Kerstin, ich liebe dich noch genauso wie am ersten Tag!"

„Ich auch, mein Schatz. Ist dir eigentlich bewusst, dass wir nun schon acht Monate zusammen sind?"

Mit einem wohligen Laut stellte er das Weinglas ab. „Solange leben wir also schon in wilder Ehe? Ich bin gespannt, wie lange sich Peter noch deiner Scheidung verweigert."

„Solange er glaubt, ich würde wieder zu ihm zurückkehren, wird er wohl nicht in die Scheidung einwilligen."

„Ich kann noch immer überhaupt nicht begreifen", sagte er mit vollem Mund, „weshalb Peter erst, nachdem du dich von ihm getrennt hast, bemerkt haben will, dass ihr zusammen gehört. Vorher schien es doch so, als wäre es ihm ganz recht, wenn du aus seinem Leben verschwindest."

„Ach Thorsten, lass uns bitte über was anderes sprechen, darüber haben wir uns doch schon so oft den Kopf zerbrochen. Übrigens: Dein Stiefvater hat heute gegen sechs Uhr abends angerufen. Kurz bevor du nach Hause kamst."

„Jakob? Was wollte er denn?"

„Er hat nur mit mir geplaudert."

Thorsten stutzte. „Nur mit dir geplaudert?"

„Ist doch verständlich. Deine Mutter wird ihm sicher fehlen."

„Woher willst du das wissen? Du kennst ihn doch kaum, bist ihm ja nur einmal bei ihrer Beerdigung begegnet."

„Stimmt, aber er weinte so bitterlich an ihrem Grab, so was kann man nicht spielen."

„Es fällt mir immer noch schwer, das zu glauben. Ich rufe ihn nachher auf jeden Fall einmal an."

„Tu das. Ich bin sicher, er würde sich freuen."

Sein Blick war starr geradeaus gerichtet. „Wie sich doch die Zeiten ändern. Ich hätte vieles darum gegeben, wenn er früher einmal so viel Interesse an mir gehabt hätte."

„Früher ist früher. Heute ist heute. Apropos heute: Wie war dein Tag?"

Seine Miene verdüsterte sich. „Immer das Gleiche. Klebstoff bleibt Klebstoff. Gleichgültig, wie viele Sorten du verkaufst. Und die Kunden ändern sich auch nicht, selbst wenn du sie nur alle vier Wochen siehst." Er seufzte. „Ich habe heute gleich nach der Tour noch mal meinen Chef angesprochen. Du weißt schon, wegen dem Job als Key-Account-Manager, der in zwei Monaten frei wird."

„Und, was meint Protzner dazu?"

„Ich wäre noch nicht lange genug dabei, hätte noch zu wenig Erfahrung, um ihn übernehmen zu können. Als ob ich ein blutiger Anfänger wäre. Dabei sind meine Verkaufszahlen besser als die meiner Kollegen, obwohl ich jetzt erst ein halbes Jahr bei der Firma bin."

„Weshalb begreift denn das Protzner nicht? Ich denke er ist Vertriebsleiter. Er müsste doch ein Auge für dein Talent haben."

„Deswegen lässt er mich ja wahrscheinlich nicht ziehen, Kerstin. Ihm bringe ich doch nur Umsatz, solange ich in seinem Team bin."

Sie legte die Gabel beiseite und streichelte im über die Wange. „Sei nicht so ungeduldig, mein Schatz. Du wirst deinen Weg schon noch machen."

Er seufzte. „Diese Arbeit fällt mir nicht leicht, Schatz. Besonders dann, wenn ich mich in den Büros der Einkäufer in der Vertreterschlange anstellen muss. Oder wenn mich ein Kunde anschnauzt, als wäre ich ein Lehrling. Heute hat mich einer wie einen Fußabtreter behandelt. Ich war danach so fertig, dass es mir unmöglich war, weitere Kunden zu besuchen. Nach dem Gespräch mit ihm fühlte ich mich wie... wie angepisst. Mein Gott ist das ein Idiot! Und er ist nicht der einzige in meiner Kundschaft." Voller Ingrimm schnitt er ein weiteres Stück von seinem Filet ab.

„Aber war denn dein Job in der Drückerkolonne nicht noch viel härter? Die Leute haben dir doch manchmal sogar die Tür vor der Nase zugeworfen, hast du mir erzählt."

Er sah deprimiert aus, als er sagte: „Ach Kerstin, damit vergleiche ich meinen Job nicht."

Sie schwieg, denn dies war sein neuralgischer Punkt. Kerstin war nicht traurig darüber, wieder, wie vor einigen Jahren, halbtags in ihrem erlernten Beruf als Reisekauffrau zu arbeiten. Sie kam auch damit zu Recht, nicht mehr als Sängerin im Chor auf dem Podium zu stehen und auf all die sozialen Kontakte verzichten zu müssen, welche der Gemeindeausschluss und der für Thorsten beruflich notwendige Umzug nach Stuttgart mit sich gebracht hatten. Thorsten war ihr ganzes Glück. Doch der litt unter dem beruflichen Abstieg vom gefeierten Referenten der Church of god zum Vertreter der Hessenstadt AG. Bis zu zehn Einzelhandelsgeschäfte galt es täglich zu besuchen. Es war noch nicht einmal die Arbeit an sich, noch immer liebte er es zu verkaufen. Was ihm fehlte, war die Herausforderung. Seine Arbeit diente lediglich ihrer Existenzsicherung. Er hatte jedoch keine Wahl, denn alles, was er konnte, war, Menschen zu überzeugen. Zweifellos wäre er fähig gewesen, in anspruchsvolleren Berufen zu arbeiten, doch wann immer er sich auf solche Annoncen beworben hatte, kamen die Unterlagen mit einer freundlich formulierten Absage zurück. Um als Führungskraft eingestellt zu werden, genügte es den Unternehmen nicht, dass er auf eine zweifelhafte Karriere als Drücker und eine ebenso zweifelhafte als Referent in einer religiösen Organisation vorweisen konnte. Im Gegenteil: Dass ein Mann ohne Ausbildung in zwei sich diametral unterscheidenden Berufen gearbeitet hatte und dabei auch noch erfolgreich gewesen sein sollte, war den Personalleitern eher suspekt; außerdem hatte er weder für die eine noch für die andere Tätigkeit Zeugnisse vorzuweisen.

24

Über zweihundert Außendienstmitarbeiter, Vertriebsleiter, Marketingmanager und Büropersonal, sowie die gesamte
Führungsspitze versammelte sich im Frankfurter Hilton-
Hotel. Als sich die Belegschaft morgens um neun Uhr im
größten der insgesamt drei Veranstaltungssäle des Hauses
auf ihre Plätze begeben hatten, wurden sie mit einer Laser-
show und heißen Rhythmen willkommen geheißen. Anschließend trat der nationale Vertriebsdirektor auf die Bühne, erläuterte das schlechte Umsatzergebnis und kündigte die
Aktivitäten an, durch deren Umsetzung man sich im Folge-
jahr eine profitablere Entwicklung erhoffte.

Thorsten erwartete schon während seiner Rede mit Spannung den Teil der Veranstaltung, welchen er mit gestalten
würde. Anstatt wie üblich eines der neuen Produkte im Vortragsstil zu präsentieren, hatte der zuständige Marketingmanager geplant, es den Verkäufern in einem simulierten und
vorher eingeübten Verkaufsgespräch schmackhaft zu machen. Protzner hatte Thorsten zwei Wochen vorher gebeten,
an diesem Rollenspiel mitzuwirken. Er würde aufgrund seiner rhetorischen Fähigkeiten und seiner Bühnenerfahrung
den Part des Verkäufers übernehmen, der Vertriebsleiter
Nord sollte den Einkäufer mimen.

Um elf Uhr war es soweit. Die beiden Rollenspieler wurden auf das Podium gebeten. Thorsten hatte seinen Part perfekt eingeübt. Er kannte jedes Produktargument, er stellte
die richtigen Fragen, um den Bedarf zu ermitteln und wusste
jeden Einwand des Einkäufers mühelos zu entkräften. Nach

zehn Minuten hatte er das neue Produkt, einen Sekundenkleber mit enormer Klebkraft, an den Mann gebracht. Beifall brandete auf. Nachdem er und sein Mitspieler wieder auf ihren Plätzen saßen, beobachtete Thorsten, wie sich Gerhard Führing, der Vorstand der Sparte, welcher mit den Vertriebsleitern seitlich auf dem Podium saß, Protzner zuwandte und in sein Ohr sprach, wobei sein Blick auf Thorsten gerichtet war.

Während des üppigen Essens am Abend trat eine Band auf und man ging langsam zum gemütlichen Teil über. Die Bosse mischten sich unters Fußvolk und suchten das private Gespräch mit den Vertretern. Wenig später spürte Thorsten eine Hand auf seiner Schulter. „Das haben Sie sehr gut gemacht heute Morgen." Als er sich umwandte, stand Gerhard Führing hinter ihm. Ein hochgewachsener Mann von über eins neunzig, dessen Physiognomie auf Dynamik und Willenskraft schließen ließ. Auf dem Charakterkopf des Mitfünfzigers ließen sich lediglich über den Schläfen graue Haare erkennen.

„Guten Abend Herr Führing." Thorsten wollte sich erheben, um ihn zu begrüßen, doch er bat ihn, sitzen zu bleiben und gesellte sich zu ihm an den Tisch. Einige seiner Kollegen warfen ihm missgünstige Blicke zu, denn Führing war dafür bekannt, nur mit solchen Mitarbeitern persönlichen Kontakt aufzunehmen, die ihm durch besondere verkäuferische Leistungen auffielen. Jeder wäre das gerne gewesen und jeder, der es war, wurde beneidet.

Führing teilte ihm mit, dass er sich bei Protzner über seine bisherige berufliche Laufbahn erkundigt habe und von ihm gern ein wenig mehr darüber erfahren würde. Nachdem Thorsten seinen ungewöhnlichen Berufsweg skizziert hatte, flüsterte ihm Führing zu: „Lassen Sie uns an meinen Tisch hinüber gehen, ich möchte Ihnen etwas mitteilen, das nicht für alle Ohren bestimmt ist."

Nachdem sie ihre Plätze gewechselt hatten, sagte er: „Als ich sie heute Morgen im Rollenspiel sah, dachte ich mir schon, dass Sie ein Profi sein müssen. Ihr simuliertes Verkaufsgespräch hat mich außerordentlich beeindruckt. Und das, obwohl sie erst zwei Jahre für uns arbeiten. Ich kenne keinen Verkäufer in unseren Reihen, der selbstbewusster, vor allem aber kompetenter auftritt als Sie. Hätten Sie nicht Lust, in der Zentrale zu arbeiten? Ich hätte da einen interessanten Job für Sie, der Ihren Fähigkeiten entspricht und natürlich auch besser bezahlt wird. Als Bezirksleiter müssen Sie sich doch total unterfordert fühlen."

Thorsten bedankte sich für das überraschende Angebot und brachte sein Interesse zum Ausdruck. „Allerdings muss ich darüber zunächst mit meiner Lebensgefährtin sprechen", erklärte er.

„Ich habe nicht damit gerechnet, dass Sie sich heute Abend entscheiden", lachte Führing, „lassen Sie sich nur Zeit. Schließlich müssten Sie auch von Stuttgart nach Frankfurt umziehen. Das will überlegt sein."

„Wie viel Bedenkzeit habe ich denn?"

„Es genügt, wenn Sie mir bis, sagen wir mal, Ende des Monats Bescheid geben." Er zog eine Visitenkarte hervor und schrieb hinter die Telefonnummer eine Zahl. „So erreichen Sie mich direkt und meine eiserne Lady im Vorzimmer kann nicht versuchen, sie abzuwimmeln." Er lächelte und zwinkerte ihm dabei zu.

Thorsten nahm die Visitenkarte entgegen. „Noch eine Frage, Herr Führing: Was wäre das denn für eine Aufgabe in der Zentrale?"

„Sie würden zunächst als mein persönlicher Assistent arbeiten. Sagen wir mal für ein Jahr. Wenn sich in dieser Zeit mein Eindruck bestätigt, den ich heute von Ihnen gewann, würde ich Sie gerne zum nationalen Vertriebsleiter machen."

Thorsten hatte es die Sprache verschlagen.

Führing lachte. „Trauen Sie sich das etwa nicht zu?"

„Doch, das schon, aber diese Position zu besetzen, vor allem jedoch den erfahrenen Herrn Schramm zu ersetzen, der in den Ruhestand geht, ist weit mehr als ich zu hoffen wagte."

„Nur Mut, junger Mann!" Er klopfte ihm jovial auf die Schulter. „Wenn Sie mir ein Jahr lang zugearbeitet haben, kennen Sie die Führungsetage so gut, dass Sie die Voraussetzungen dazu besitzen. Sie müssen natürlich in dieser Zeit auch einige Seminare besuchen, in denen Sie etwas über Führungsstile, Coaching, Delegation, Mitarbeitermotivation und den ganzen Kram erfahren."

„Bisher glaubte ich immer, ein betriebswirtschaftliches Studium sei Bedingung für die Position?"

„Da liegen Sie auch nicht falsch, aber nach allem was ich von Ihnen weiß, müssen sie ein ziemlich begabter Autodidakt sein. Nach meiner Erfahrung lernen Leute wie Sie in relativ kurzer Zeit, wofür andere Jahre brauchen. Und manche lernen es nie. Sie werden natürlich keinen Acht-Stunden-Tag haben."

„Den habe ich auch heute schon nicht."

„Na also, dann wäre ja vorerst alles klar. Übrigens..." Er kam nahe an sein Ohr heran „... was ich Ihnen sagte, bleibt Top-Secret bis zu Ihrer Entscheidung. Keiner ihrer Kollegen, nicht einmal Ihr Chef darf's erfahren."

25

Im Trattoria Roma, einem der besten italienischem Restaurants in Stuttgart, stimmte alles: Ambiente, Publikum, Service, vor allem aber die Küche. Thorsten und Kerstin hatten gegrillte Gamberoni gegessen und als Nachtisch Tiramisu. Das flackernde Kerzenlicht auf dem Tisch passte zu der romantischen Stimmung, in der sich die beiden befanden.

Thorsten erhob sein Glas. „Salute, Kerstin."

„Zum Wohl mein Schatz" Der Ton, den die Gläser beim Anstoßen abgaben, klang exquisit. Ebenso schmeckte der Chianti Classico.

„Ich bin so glücklich!" Thorsten beugte sich zu ihr hinüber und drückte ihr einen Kuss auf die Wange. „Jetzt kann ich endlich wieder beweisen, was in mir steckt."

„Wie mich das für dich freut!" Sie streichelte über sein Haar, das über der Stirn an einer Stelle ein wenig grau zu werden begann. „Und ich werde sicher auch in Frankfurt einen Job finden."

Er winkte ab. „Aber Schatz, als Assistent von Führing verdiene ich sicher so viel, dass du nicht mehr arbeiten musst. Und bin ich erst einmal Verkaufsdirektor... mein Gott, wie das klingt, *Verkaufsdirektor*, dann haben wir so viel Geld, dass wir uns sogar ein eigenes Haus kaufen können."

„Nun wart erst mal ab. Noch hast du den Job nicht."

„Zweifelst du etwa daran?"

„Das nicht, ich möchte nur keine Luftschlösser bauen. Mir würde es schon genügen, wenn wir unsere enge, dunkle Mietwohnung gegen eine große, helle eintauschen könnten."

Er verschränkte die Arme hinter dem Kopf, seine Gedanken schweiften in die Zukunft. „Wir werden in ferne Länder reisen: Australien, Neuseeland, auf die Seychellen, nach Thailand. Und du bekommst ein eigenes Auto. Modische Kleider natürlich auch. Und teuren Schmuck. Was immer du willst."

„Ich wusste gar nicht, wie materialistisch du bist!" bemerkte sie spöttisch.

„Materielle Dinge sind mir auch nicht wirklich wichtig, das weißt du, aber warum sollte man diese Spielzeuge nicht besitzen, wenn man das Geld dazu hat? Würdest du nicht auch lieber in einem neuen BMW sitzen, als mit unserem alten VW Variant herum zu kutschieren?"

„BMW? Mit weniger als einem Porsche gebe ich mich als Frau eines Vertriebsdirektors nicht zufrieden." Sie sprach bewusst gespreizt und tat affektiert.

Er lächelte amüsiert. „Dir ist wohl schon der Wein zu Kopf gestiegen?"

Kerstin blieb ihrer gespielten Rolle treu. „Und natürlich werden wir Bedienstete haben. Henry, hier ist der Schlüssel. Fahren Sie den Wagen aus der Garage. Und danach schneiden Sie bitte im Garten die Rosen." Sie mimte die Hausherrin mit der Arroganz einer Diva. Als sie bemerkte, wie sehr ihn das Rollenspiel belustigte, setzte sie es fort. „Anna, wie oft muss ich Ihnen noch sagen, dass sie erst staubsaugen sollen, wenn ich aus dem Haus bin. Dieses Geräusch ist ja grässlich." Sie verzog das Gesicht, als hätte sie Schmerzen, schloss die Augen und fasste sich an die Stirn. „Ach Susanne, meine teure Freundin, ich habe heute schon wieder Migräne. Gott sei Dank ist mein Mann auf Geschäftsreise, ich könnte heute unmöglich meinen ehelichen Verpflichtungen nachkommen."

Thorsten schüttelte sich vor Lachen. „Ich wusste noch gar nicht um deine schauspielerischen Fähigkeiten, mein Liebling." Er rückte näher an sie heran. „Wie froh ich bin, dass du in der Realität weit davon entfernt bist, so eine fürchterliche Zicke zu sein."

„Und Gott sei Dank habe ich auch nie Migräne", raunte sie ihm zu.

„Lass uns aufbrechen, Kerstin", flüsterte er ins Ohr und schmiegte sich an sie, „ich brenne darauf zu erleben, wie du deinen ehelichen Pflichten nachkommst."

26

Thorsten hatte viele Neider, als er dreizehn Monate später vor versammelter Mannschaft seine Antrittsrede hielt. Zwei der insgesamt vier regionalen Vertriebsleiter hatten sich Hoffnungen auf die Position des scheidenden nationalen Vertriebschefs gemacht und waren vergrätzt, als sie erleben mussten, wie einer der Indianer an ihnen vorbeizog. Aber auch viele seiner früheren Kollegen kritisierten die Entscheidung des Vorstands hinter vorgehaltener Hand und waren sich einig, der in Führungsaufgaben unerfahrene Klüwer mit seinen dreiunddreißig Lenzen sei der Aufgabe unmöglich gewachsen. Außerdem: Nach so kurzer Zeit im Unternehmen sei es völlig unmöglich, die richtigen Entscheidungen zu treffen.

Schon ein Jahr später jedoch war Thorsten bei den über zweihundert Außendienstmitarbeitern so beliebt, dass sie hofften, er werde aufgrund seines Erfolgs nicht allzu schnell eine höhere Position angeboten bekommen oder gar in ein anderes Unternehmen wechseln. Mit geradezu traumwandlerischer Sicherheit traf er in kurzer Zeit einige Entscheidungen, die dem Unternehmen zweistellige Umsatzzuwächse brachten. Er nahm Produkte vom Markt, die sich erwiesenermaßen nicht drehten, vereinfachte das komplizierte Konditionssystem, gab den Bezirksleitern und Gebietsverkaufsleitern mehr Handlungsspielraum, reduzierte das aufwendige Formular- und Berichtswesen auf ein Mindestmaß, befreite die monatlich stattfindenden Meetings von nutzlosen und zeitaufwendigen Ritualen, nutzte die Kompetenz, die Kreativität und den Ideenreichtum seiner Mitarbeiter zur Modifizierung alter und zur Einführung neuer Produkte, prämierte ihre besten Ideen, begleitete die Key-Account-Manager zu allen Jahresgesprächen mit Schlüsselkunden vor Ort, nahm deren Ideen und Anregungen zur Optimierung der Zusammenarbeit auf und setzte sie binnen kurzer Zeit um. Da Thorsten durch seine Praxiserfahrung wusste, wie es um die verkäuferischen Fähigkeiten seiner früheren Kollegen bestellt war, engagierte er einen Verkaufstrainer, der sie zweimal jährlich in Dreitages-Seminaren auf Vordermann brachte. Nicht nur die Umsatzentwicklung, auch die Rendite verbesserte sich daraufhin. Der entscheidende Faktor für seine Beliebtheit war jedoch nicht sein atemberaubender Erfolg. Man mochte ihn, weil er nicht abhob, sondern einer von ihnen blieb, ein Chef zum Anfassen war. Er setzte nicht auf autoritäres Gehabe und die Demonstration seiner Macht, sondern auf Teamwork, flache Hierarchie, angstfreie Kommunikation und Motivation.

Kerstin freute sich nicht nur über den Erfolg Thorstens, sie genoss auch seine innere Wandlung. Endlich war er wieder der Alte. Sein Optimismus kehrte zurück. Ihr schien, als gehörten die Probleme in der schwierigen Zeit nach ihrer Entscheidung für ein Leben zu zweit der Vergangenheit an. Auch die äußeren Umstände hatten sich zu ihrem besten verändert. Kurz nach ihrem Umzug nach Frankfurt hatte ihr Ehemann der Scheidung zugestimmt, worauf sie geheiratet hatten und ihre lang ersehnte Hochzeitsreise nach Venedig antraten. Durch das hohe Gehalt Thorstens waren sie finanziell bestens abgesichert und die Bank hatte ihnen einen zinsgünstigen Kredit für ein prachtvolles Einfamilienhaus gewährt. Sie fuhr zwar keinen Porsche, hatte jedoch einen eigenen Wagen und nutzte das Privileg des hohen Gehalts ihres Mannes, um sich, anstatt für geringen Lohn zu arbeiten, um das Haus und den großen Garten zu kümmern und sich durch Seminare und Kurse auf der Volkshochschule weiterzubilden. Thorsten war zwar oft unterwegs, manchmal von Montag bis Freitag, so dass nur das Wochenende für Liebe und Zweisamkeit blieb, doch dieser Umstand vermochte ihr Glück nicht zu trüben.

Mit der Zeit fanden sich auch wieder Menschen in ihrem privaten Umfeld. Kerstin hatte bei einem EDV-Kurs Kontakt zu einer sympathischen Frau ihres Alters gefunden, zu der sich binnen eines Jahres eine echte Freundschaft entwickelte. Ihr Mann hatte vor Jahren eine Privatschule für angehende Physiotherapeuten gegründet und war darüber hinaus einer der bekanntesten Tai Chi Lehrer Deutschlands. Schon beim ersten gemeinsamen Treffen der beiden Ehepaare waren sich er und Thorsten auf Anhieb sympathisch gewesen. Die begrenzte Zeit Thorstens ließ es nicht zu, bei Rolf Carstens einen Tai Chi Kurs zu machen, doch war er brennend daran interessiert, mehr über das alte, meditative Bewegungssystem der Chinesen zu erfahren.

Bei einem der Besuche im Haus des Ehepaares hatte er einen guten Bekannten Rolfs kennengelernt. Dieser bescheidene, stille Mann, ein Japaner, der ZEN-Lehrer war und einem ZEN-Kloster in Okayama vorstand, übte eine große Faszination auf Thorsten aus. Rolf kannte ihn schon viele Jahre. Er hatte als junger Mann ein halbes Jahr in dem Kloster verbracht, bevor er Sportwissenschaft zu studieren begann. Als Thorsten den Roshi kennenlernte, hatte er das Gefühl, als würde er diesem Mann noch einmal in seinem Leben begegnen und etwas Wichtiges von ihm lernen. Doch sein hohes Engagement im Unternehmen ließ ihm keine Zeit, dieses eigentümliche Empfinden zu hinterfragen.

27

Die Geburtstagsparty lief genau nach Plan. Die Sonne schien, der Himmel war nahezu wolkenlos, es sah nicht nach Regen aus, der Partyservice hatte pünktlich geliefert, fast alle der etwa fünfzig handverlesenen Gäste waren erschienen die Rede Führings zum achtunddreißigsten Geburtstag Thorstens war voll des Lobes für seine überragende Leistung gewesen. Kerstin war von Gästen umringt, die ihr ihre Anerkennung für die perfekte Organisation der Party aussprachen.

Thorsten stand mit Gerhard Führing allein unter einem der schattenspendenden Laubbäume im Garten ihres Einfamilienhauses und bedankte sich für die großartige Rede. „Gerhard, das war zu viel der Ehre."

„Nein, nein, das war keine Lobhudelei, wie das meistens bei solchen Anlässen der Fall ist", erklärte Führing, „eine zweistellige Umsatzsteigerung fast jedes Jahr, seitdem du Vertriebschef bist, das hätte keiner von diesen Ja-Sagern dort hingekriegt." Er wies mit dem Kopf auf die regionalen Verkaufsleiter, die auf der Terrasse im Kreis zusammen standen und gerade in lautes Lachen ausbrachen. „Ja, Witze erzählen, das können sie bestens, aber ansonsten, na, du weißt es ja selbst! Es sind ja *deine* Mitarbeiter."

„Ich habe eigentlich keine Probleme mit Ihnen, Gerhard. Bis auf Schulze machen sie einen guten Job in ihren Regionen."

Führing stach ihm mit dem Zeigefinger auf die Brust. „Aber nur, weil du Einfühlungsvermögen besitzt und auf die

Knöpfe drücken kannst, die Selbstverpflichtung auslösen. Dein Vorgänger konnte das nicht, es war höchste Zeit, dass er in den Ruhestand ging."

Dr. Politzky, Chef der Marketingabteilung, kam in schlenderndem Gang auf sie zu. Der etwas zu kurz geratene, farblos wirkende Mann war Thorsten von Anfang an unsympathisch gewesen. Politzky hatte nicht nur das Aussehen einer Ratte: Ausdrucksloses Gesicht, harte Augen, emotionslose Miene. Er erwies sich auch in seinem Charakter als Ratte. Unzählige Male waren Thorsten und er aneinander geraten. Sie waren fast nie einer Meinung. Ohne seinen Gönner Gerhard Führing, das stand für Thorsten fest, wäre er weit weniger erfolgreich gewesen, denn Politzky hätte, wäre es ihm möglich gewesen, mit Sicherheit die meisten seiner Maßnahmen blockiert. Er unterlief seine Entscheidungen, wo es nur ging. Manchmal hatte Thorsten den Eindruck, dass er manche Arbeiten in der Marketingabteilung bewusst schleifen ließ, um den Erfolg des Vertriebsteams zu schmälern. Anfangs hatte er keine Erklärung für sein Verhalten, doch mit der Zeit wurde ihm klar, dass Dr. Politzky ihn, den erfolgreichen Seiteneinsteiger, der anders als er, kein Akademiker war, zutiefst verachtete und im Stillen beneidete. Wie konnte ein Mann ohne höhere Schule, ja, sogar ohne Lehre eine Führungsposition im Unternehmen erlangen, die mit seiner vergleichbar war? Wie war es möglich, dass der Volksschüler im Unternehmen erfolgreicher und beliebter war wie er als promovierter Betriebswirtschaftler?

„Immer wenn ich Sie beide zusammen sehe, denke ich: Wie Vater und Sohn." Dr. Politzky lachte sarkastisch und stellte sich zu ihnen, ohne vorher zu fragen, ob sie womöglich ungestört bleiben wollten, wie es der Anstand geboten hätte.

"Sie liegen mit dieser Beobachtung gar nicht so weit daneben", grinste Führing, „manchmal erscheint es mir auch so. Und vom Altersunterschied wäre es zumindest denkbar."

„Manchmal empfindet man ja für andere Menschen ein tieferes Gefühl von Seelenverwandtschaft, als zu den eigenen Kindern, nicht wahr?" Politzky stichelte, wann immer sich ihm eine Gelegenheit bot. Er wusste, dass Führings Sohn nicht in dessen Fußstapfen getreten war, sondern als mittelloser Maler auf irgendeiner Insel in Griechenland lebte, Drogen konsumierte und sich mit dem Vater heillos zerstritten hatte.

Führing kannte Politzky viel zu gut, um sich durch seine Stichelei provozieren zu lassen. Er zahlte vielmehr mit gleicher Münze zurück. „Ja, das stimmt. Das ist wahr. Ich habe das ja, wie sie wissen, selbst erleben müssen. Aber dafür hat mich das Leben reichlich entschädigt. Stellen Sie sich nur mal vor: Erst gestern erinnerte mich Maria daran, dass es jetzt schon acht Jahre her sind, seit wir verheiratet sind. Und es sieht ganz so aus, als würden es weitere acht glückliche Jahre werden."

Dr. Politzky beglückwünschte ihn und lachte affektiert, doch es gelang ihm nicht zu verbergen, wie nahe ihm dieser Seitenhieb ging. Seine Frau war nämlich vor einem halben Jahr mit einem wesentlich jüngeren Mann durchgebrannt. Seitdem lebte der Mitvierziger allein. „Herr Führing, man kann Ihnen nur wünschen, dass es so bleibt", sagte er, süffisant lächelnd. „Wie viele Jahre trennen Sie von ihrer Frau? Zwanzig, nicht wahr?"

Führing nickte bestätigend.

„Wenn Sie weitere acht Jahre durchhalten wollen, werden Sie sich ganz schön ins Zeug legen müssen. Wir werden schließlich alle nicht jünger!" Er trank sein Glas aus. „Wenn Sie erlauben, werde ich mir jetzt noch ein weiteres Glas Champagner holen. Übrigens: Er mundet vorzüglich Herr Klüwer. Ich bin angenehm überrascht von Ihrem erlesenen Geschmack. Oder könnte es sein, dass Ihre Gattin das hervorragende Tröpfchen ausgesucht hat?"

„Hauptsache er schmeckt ihnen", gab Thorsten höflich, seine versteckten Beleidigungen überhörend, zurück.

„Dieser Stinkstiefel wird immer dreister", murmelte Führing, nachdem sich Politzky entfernt hatte, „wenn ich könnte, wie ich wollte, hätte ich ihn schon längst abgesägt. Aber Schneider hat einen Narren an diesem elenden Intriganten gefressen." Michael Schneider war der Vorstandsvorsitzende und hatte Dr. Politzky ins Unternehmen geholt. Führing hatte schon ein paar Mal den Versuch unternommen, ihn von der Führungsschwäche des überheblichen Miesmachers zu überzeugen, hatte dabei jedoch immer auf Granit gebissen. „Ich bin noch nicht einmal sicher, ob Schneider ihm nicht meinen Job zugeschanzt hätte, wenn ich nicht so gute Karten bei Holsten hätte. Gott sei Dank kann er sich gegen ihn nicht durchsetzen." Reinhard Holsten war zwar nur einer der Vorstände und somit von der Weisung des Vorstandsvorsitzenden abhängig. Schneider wusste jedoch um seinen Sachverstand und seine sprichwörtliche Spürnase, wenn es um wichtige Entscheidungen ging, die er schon öfter als einmal unter Beweis gestellt hatte.

„Ich verstehe diesen Politzky nicht", empörte sich Thorsten, „seit ich ihn kenne, stänkert er nur herum. Wie unzufrieden muss dieser Mann mit sich sein."

„Den werden wir nicht mehr ändern, Thorsten." Er nahm ihn bei der Schulter. „Aber keine Angst. Solange ich Vorstand unserer Sparte bin, wird er deine Kreise zwar stören, aber nicht zerstören können. Und bis ich in Pension bin, bist du für das Unternehmen schon längst unersetzlich geworden. Komm jetzt, lass uns zu den anderen gehen. Schließlich hast du Geburtstag. Lass uns ihn gebührend feiern."

28

Sie waren zur besten Zeit des Jahres an den Lamai Beach der thailändischen Insel Ko Samui gekommen, denn im Februar bestand hier die geringste Regenwahrscheinlichkeit. Kerstin empfand es als wohltuend, wenn das gleißende Gestirn wenigstens für ein paar Minuten hinter einigen schnell vorüberziehenden Wolken verschwand. Die luxuriösen Hotelbungalows lagen nahe am Strand, sie brauchten nur wenige Schritte, um ans Meer zu gelangen. Die abwechslungsreiche südostasiatische Küche im Land des Lächelns mundete ihnen vorzüglich. Obwohl sie am Abend zumeist nur Meeresfrüchte bestellten, waren die Variationen vielfältig.

Jeden Nachmittag um dieselbe Zeit ließen sie sich mit einer Thai-Massage verwöhnen. Der Lohn für eine halbe Stunde lag bei lächerlichen zwei Mark fünfzig. Die Masseurinnen kamen zuhauf an den Strand, Decken wurden im Sand ausgebreitet, und schon begannen kunstfertige, geübte Hände mit der speziellen Ganzkörpermassage, während sie den Meereswogen, die gleichmäßig ans Ufer schlugen, zuhören konnten.

Kerstin war so angetan von dem Blick auf das Meer und dem weißen Sandstrand, den unzählige Kokospalmen säumten, dass sie die ersten Tage, außer sich ab und zu im Pool abzukühlen, nahezu nichts anderes tat, als unter dem Sonnenschirm auf einem der Liegestühle zu verweilen. Oftmals lag sie solange, bis die Sonne unterging. Auch Thorsten genoss die faszinierenden Sonnenuntergänge, die den Himmel in eine unbeschreibliche Farbenpracht tauchten, doch war er, anders als sie, noch nicht in der Lage, abzuschalten und die Seele baumeln zu lassen.

Sie waren einen Tag nach der Geburtstagsparty in Urlaub nach Thailand geflogen und erst fünf Tage dort, als sie ein Anruf aus der Frankfurter Unternehmenszentrale erreichte. Die Nachricht hätte nicht niederschmetternder sein können: Führing war tot. Plötzlich und völlig unerwartet hatte diesen Baum von einem Mann ein Herzinfarkt gefällt. Noch während der Fahrt ins Krankenhaus war er gestorben. Für Kerstin und Thorsten bedeutete dies: schon am nächsten Tag wieder zu packen und nach Hause zu fliegen.

Bereits eine Woche nach der Beerdigung seines Gönners war klar, dass Dr. Politzky seine Position einnehmen würde. Thorsten wusste, was das für ihn bedeutete. Doch er würde kämpfen. Soviel war klar.

29

Der Kampf begann bereits vier Wochen nach Führings Begräbnis. Als er am Morgen sein Büro betrat, lag eine schriftliche Aufforderung zum Rapport auf dem Schreibtisch. Wegen negativer Umsatzentwicklung. Die Ursachen für die Abweichung vom Umsatzplanziel galt es zu erklären. Und die einzuleitenden Maßnahmen zu definieren. Detailliert. Nach Abnehmergruppen, Markengruppen und Schlüsselkunden.

Vier Tage später saß Thorsten pünktlich, kurz vor neun Uhr, gut vorbereitet im Büro Dr. Politzkys, der es wenig später betrat. Sein Adjutant folgte ihm mit dienstbeflissener Miene. Er war erst vor einigen Wochen gegen seinen erfolglosen Vorgänger ausgetauscht worden und stand unter einem beinahe neurotisch zu nennenden Zwang, sich zu profilieren. Der Ehrgeiz schien ihm aus allen Poren zu dringen. Seinen Angstschweiß konnte man riechen.

Der übliche Smalltalk zu Beginn des Gesprächs fiel ins Wasser. „Ich habe heute leider sehr wenig Zeit", sagte Politzky mit seiner unsympathischen, knarrenden Stimme, nachdem er Thorsten mit aufgesetztem Lächeln begrüßt hatte, „bitte beginnen Sie gleich mit Ihrer Präsentation."

Thorsten knipste den Overheadprojektor an und legte die erste Folie auf. Kaum hatte er mit der Interpretation der Umsatzzahlen begonnen, als Dr. Politzky ihn schon unterbrach. „Ich verstehe das nicht", sagte er.

„Was genau verstehen Sie nicht?" fragte Thorsten so freundlich wie möglich.

„Ihre Darstellung ist ziemlich diffus", erklärte er.

Führing hatte die Form seiner Darstellung immer als besonders übersichtlich gelobt. Kaum ein anderer mache das besser als er. Bevor sich Thorsten zu seinem Vorwurf äußern konnte, sagte Politzky: „Bitte schalten Sie das Gerät ab und setzen Sie sich."

Innerlich kochend kam Thorsten seiner Aufforderung nach. Zwei Tage intensivster Vorbereitung: Umsonst! Weil dieses Stinktier seine Darstellung nicht verstand. Ach was! Weil er sie gar nicht verstehen wollte. Etwas ganz anderes hatte der im Sinn, wurde ihm schlagartig klar. „Ruhig bleiben Thorsten", sagte er zu sich, „bleib' ganz ruhig. Du hast überhaupt nichts zu befürchten. Du bist gut. Du hast das Unternehmen nach vorne gebracht. Deine Leute stehen hinter dir wie ein Mann. Und ein Umsatztief hat schließlich jeder einmal!"

An ihm vorbei blickend sagte Politzky: „Herr Klüwer, wie beurteilen Sie eigentlich Ihre Personalsituation?"

„Was genau meinen Sie?"

Er sah ihn nur an, schweigend und mit einem Ausdruck, als zweifle er an seinem Verstand. „Was für eine Frage, Herr Klüwer!" Er blickte dabei zu seinem Adjutanten hinüber, als suchte er bei ihm Bestätigung für sein vernichtendes Urteil, das er offenbar bereits über Thorsten gefällt hatte, bevor er das Büro betrat. Sein eiskalter Blick wandte sich ihm wiederum zu. „Wer von Ihren Mitarbeitern ist gut? Wer ist schlecht? Verstehen Sie jetzt, was ich meine?" Es klang, als spräche er zu einem zehnjährigen Kind.

„Wie Sie wissen, Herr Dr. Politzky, gehören über zweihundert Mitarbeiter zu meiner Mannschaft. Erwarten Sie etwa, dass ich jetzt über jeden einzelnen eine Beurteilung abgebe?"

„Aber nein. Keinesfalls. Beruhigen Sie sich. Ich möchte nur von Ihnen wissen, wie viel Prozent Ihrer Mannschaft nicht effizient ist. Oder Schrott, wenn Sie als Mann des Vertriebs mit diesem Begriff mehr anfangen können."

Thorsten glaubte nicht richtig zu hören. „Wenn Sie so fragen, kann ich Ihnen einen äußerst günstigen Prozentsatz nennen, Herr Dr. Politzky. Er liegt nämlich bei null."

„Dass Sie sich vor Ihre Leute stellen, ehrt Sie. Ich bin da allerdings ganz anderer Meinung. Und zwei Ihrer regionalen Verkaufsleiter, mit denen ich erst gestern diese Frage erörterte, sind es übrigens auch. Sie waren der Meinung, dass wir auf etwa zwanzig Prozent der Außendienstmitarbeiter verzichten können, ohne mit wesentlichen Umsatzeinbrüchen rechnen zu müssen."

„Wer hat denn diesen Unsinn verzapft?"

Dr. Politzkys Miene verzog sich, als hätte er in eine Zitrone gebissen. „Herr Klüwer, darf ich Sie bitten, die Wahl Ihrer Worte etwas besser zu bedenken. Diesen Unsinn, wie Sie ihn nennen, hat nämlich niemand anderes *verzapft* als ihr nächster Vorgesetzter in enger Zusammenarbeit mit den beiden eben genannten Herren, die zu Ihren engsten Mitarbeitern gehören. Und ihr nächster Vorgesetzter Herr Klüwer, daran möchte ich Sie in diesem Kontext erinnern, verbirgt sich seit dem unerwarteten Ableben unseres allseits geschätzten Herrn Führing in *meiner* Person."

„Ich bin trotzdem anderer Meinung, wenn Sie gestatten. Wir kommen im Außendienst unmöglich mit nur einhundertsechzig Mitarbeitern aus. Selbst wenn eine so drastische Reduzierung der Mannschaft notwendig wäre: So viele Vorruhestandskandidaten haben wir gar nicht."

Politzky lachte laut auf. Schräg. Schrill. Hässlich. „Glauben Sie denn tatsächlich, Vorruhestandsregelungen seien der einzig gangbare Weg?"

„Was denn sonst?"

Sein glattes, ausdrucksloses Rattengesicht nahm einen äußerst niederträchtigen Ausdruck an, als er sagte: „Über diese Frage muss ich mich doch sehr wundern, Herr Klüwer. Wie lange sind Sie schon als Führungskraft bei uns?"

„Sieben Jahre!"

„Tatsächlich? Sieben Jahre? Ach was!" Es klang, als wunderte er sich über die Maßen und als wären es sieben Jahre zu lang. „Herr Klüwer, wir müssen die Organisation restrukturieren und drastische Einsparungen vornehmen. Mit Vorruhestandsregelungen lösen wir das Problem nicht. Den allermeisten Ihrer Mitarbeiter werden wir betriebsbedingt kündigen müssen."

„Und Sie glauben tatsächlich, dass der Betriebsrat dem zustimmt?"

Politzky setzte ein Lächeln auf, das beinahe mitleidig aussah. „Aber Herr Klüwer. Was sollte denn der Betriebsrat gegen dringend notwendige Rationalisierungsmaßnahmen einzuwenden haben? Er kann im besten Fall Abfindungen für die Gekündigten geltend machen."

„Haben Sie die Kosten bedacht, die dann auf uns zukommen? Manche unserer Leute sind schon sehr lange im
Unternehmen beschäftigt. Die Abfindungen würden gewaltige Summen verschlingen."

„Das müssen Sie schon mir überlassen, Herr Klüwer."

„Herr Dr. Politzky, Sie glauben doch nicht allen Ernstes,
dass ich dieser drastischen Reduzierung meiner Mannschaft
zustimmen würde?"

Dr. Politzky lächelte überheblich. „Herr Klüwer, Sie
scheinen es noch immer nicht begriffen zu haben: Ich bin
jetzt der Kapitän dieses Schiffes. Ihre Aufgabe besteht lediglich in der Ausführung meiner Anweisungen."

Thorsten riss sich zusammen, obwohl er den arroganten
Menschenverächter am liebsten geohrfeigt hätte. „Ich will es
nur verstehen Herr Dr. Politzky. Sie glauben also tatsächlich,
dass wir durch die Reduzierung der Außendienstmannschaft
Kosten einsparen?"

„Kurzfristig natürlich nicht. Langfristig betrachtet jedoch,
und das sollten Sie als kompetente Führungskraft eigentlich
wissen, langfristig also bedeuten zwanzig Prozent Personal-
kostenabbau eine deutliche Verbesserung unserer Rendite.
Und die brauchen wir dringend, um auch in Zukunft wett-
bewerbsfähig zu bleiben."

„Ich sage Ihnen: Der Wettbewerb wird uns fressen, wenn
wir den Außendienst dermaßen drastisch abbauen. Wir sind
ja selbst heute schon nicht mehr in der Lage, alle Outlets zu
besuchen. Wir werden, anstatt zu sparen, Marktanteile, Umsatz und Profit verlieren."

„Auch darin bin ich ganz anderer Meinung wie Sie. Die modernen Warenwirtschaftssysteme machen die Auftragserfassung durch den Außendienst zukünftig überflüssig. Das haben Sie offenbar noch gar nicht erkannt."

„Aber Herr Dr. Politzky. Wir können doch nicht heute schon tun, was erst morgen notwendig wird. Die Umstellung auf diese Systeme nimmt mindestens noch drei Jahre in Anspruch. Noch ist die Auftragserfassung in vielen Outlets ein Muss. Glauben Sie mir: Ich kenne das Basisgeschäft aus dem FF. Die Leute wären gegenwärtig total überfordert, wenn sie *zwanzig* Prozent ihrer Kollegen ersetzen müssten."

Dr. Politzky sah eine Weile schweigend an Thorsten vorbei. Dann räusperte er sich und sagte leise: „Um ganz ehrlich zu sein, Herr Klüwer, das Gespräch mit Ihnen bestätigt meinen Eindruck, dass Sie nicht mehr der richtige Mann für uns sind. Mein Vorschlag wäre daher: Denken Sie bitte darüber nach, ob es nicht für uns beide besser wäre, wenn wir uns trennen. Was die Höhe Ihrer Abfindung betrifft, werden wir uns sicherlich einig." Er sah auf seine Armbanduhr und erhob sich. „Es tut mir leid. Ich habe leider in fünf Minuten einen anderen wichtigen Termin. Wie gesagt: Denken Sie in aller Ruhe über meinen Vorschlag nach. Lassen Sie sich damit bitte Zeit. Und wenn Sie zu einer Entscheidung gelangt sind, rufen Sie meine Sekretärin an. Sie wird Ihnen einen Gesprächstermin geben." Er streckte ihm die Hand entgegen. „Also dann, auf Wiedersehen Herr Klüwer." Damit ließ er ihn stehen.

30

Rolf Carstens war in der Vormittagspause ans Telefon gerufen worden. Thorsten hatte ihm mitgeteilt, was sich im Büro seines neuen Vorgesetzten zugetragen hatte. Der Freund hatte ihm daraufhin angeboten, ihn in der Mittagspause zu besuchen.

Sie saßen in einem Straßencafé, das sich in der Nähe von Rolfs Schule befand. Er hatte sich eine Pizza bestellt. Thorsten trank einen doppelten Espresso, ihm war überhaupt nicht nach Essen. Es war kühl und regnerisch an diesem denkwürdigen Tag Mitte März. Die Menschen hasteten mit grimmigen Gesichtern und aufgespannten Regenschirmen vor dem Fenster des Cafés vorbei.

Rolf hatte Thorsten, den er nun schon einige Jahre kannte, noch nie so zerknirscht erlebt. „Was kann dir denn schon passieren?" Seine Stimme klang sanft und beruhigend. „Bei deinem Gehalt wirst du eine hohe Abfindung kassieren, mit der du mindestens ein Jahr überleben kannst, ohne einen Pfennig verdienen zu müssen. Doch das wird wahrscheinlich gar nicht nötig sein, Thorsten. Du bist noch nicht einmal vierzig und kannst auf eine erfolgreiche Karriere zurück blicken. Und selbst dann, wenn dein Abfindungsvertrag ein Wettbewerbsverbot enthalten sollte, wird es genügend Unternehmen geben, die nur darauf warten, einen wie dich einzustellen. Die werden sich die Finger lecken nach dir."

„Das ist mir bewusst." Thorstens düstere Miene war bei den ermutigenden Worten Rolfs unverändert geblieben. „Aber ich kann es einfach nicht fassen. Verstehst du? Nicht fassen! Obwohl ich weiß, dass nicht meine Leistung, sondern Politzky die Ursache ist. Es ist noch nicht einmal einen Monat her, da haben sie mich wie einen Helden gefeiert. Und jetzt? Jetzt reißen sie mir den Lorbeerkranz runter und setzen mich vor die Tür. Abfindung hin oder her. Ich habe mein Herzblut für dieses Unternehmen geopfert. Pausenlos war ich unterwegs. Ich habe mir keine Ruhe, kaum Freizeit gegönnt, meine Beziehung zu Kerstin vernachlässigt, mir noch nicht einmal die Zeit für einen Tai Chi Kurs genommen. Als ich Vertriebschef wurde, waren die Umsätze rückläufig. Überall in der Organisation war Sand im Getriebe. Ich fand einen Bummelzug vor und hab einen ICE draus gemacht. Alle Signale standen auf Grün. Die Fahrt wurde mit jedem Jahr schneller. Die Einhaltung unserer Fahrpläne immer präziser. Rolf, es geht mir noch nicht einmal so sehr um mich. Wenn Politzky seinen Plan durchsetzt, wird der Zug nicht nur wieder langsamer werden, er wird entgleisen."

Rolf war bewegungslos da gesessen und hatte aufmerksam zugehört. „Siehst du denn eine realistische Möglichkeit, das zu verhindern?" fragte er nach einer Weile.

„Nein." Thorsten schüttelte den Kopf. „Nein Rolf, denn ich habe keine Lobby im Haus. Führing war der einzige, der mir den Rücken stärkte. Der Vorstandsvorsitzende steht zu Politzky. Selbst zwei meiner engsten Mitarbeiter haben sich auf seine Seite geschlagen und sind mir in den Rücken gefallen. Ich sehe keine realistische Chance, das Ruder herum zu drehen." Thorsten hob fragend die Hände und ließ sie wieder sinken. „Was würdest du an meiner Stelle tun?"

„Kämpfen und gleichzeitig loslassen."

„Wie soll das denn funktionieren?"

„Was wir durch Kampf gewinnen können, darum sollten wir mit Zähigkeit kämpfen. Was aber unwiederbringlich verloren ist, lassen wir besser los."

„Worum sollte ich deiner Meinung nach kämpfen, was sollte ich loslassen?"

„Stell dir einfach die Frage, worin du zu siegen und worin du, selbst wenn du kämpfen würdest, niemals gewinnen könntest. Dann kennst du die Antwort."

31

Die meisten Mitarbeiter in Thorstens Mannschaft hatten mit Unverständnis und tiefer Betroffenheit auf die Entscheidung Dr. Politzkys reagiert. Selbst Mitarbeiter aus der Marketingabteilung, die um das ständige Gerangel zwischen Thorsten Klüwer und Dr. Politzky wussten, waren darüber empört, dass sich ihr früherer direkter Vorgesetzter durch seine Antipathie dazu hinreißen ließ, einen so fähigen und über viele Jahre erfolgreichen Mann zu entlassen.

Doch all dies vermochte nichts daran zu ändern, dass Thorsten drei Wochen nach seinem Gespräch mit Politzky sein Büro räumte und sich von seiner Sekretärin verabschiedete. Ihr rollten dabei dicke Tränen über die Wangen und auch er musste gegen die Rührung ankämpfen. Als er das Unternehmensgebäude verließ, war er arbeitslos. Zwar würde sein Arbeitsvertrag erst in drei Monaten auslaufen. Bis dahin würde er seinen BMW 740 ohne Kilometerbegrenzung auf Kosten der Firma fahren können und seine vollen Bezüge erhalten. Doch de facto hatte er jetzt schon keinerlei Weisungsbefugnis mehr im Unternehmen. Nach der Unterzeichnung seines Abfindungsvertrags war er mit sofortiger Wirkung freigestellt worden. Über die Abfindungssumme konnte sich Thorsten nicht beklagen, obgleich drei Verhandlungen notwendig gewesen waren, wofür er einen Rechtsanwalt engagieren musste, um seiner Forderung Nachdruck zu verleihen.

Was also den Aspekt des Kampfes betraf, hatte sich Thorsten an den Rat Rolfs gehalten, was jedoch den Aspekt des Loslassens anging, erschien er sich als Versager. Sein Herz hing nach wie vor an seiner Aufgabe und all den Menschen, die unter seiner Führung aufgeblüht waren.

Als er im Wagen saß und ihn nachhause steuerte, musste er daran denken, dass jede seiner bisherigen Stationen im Leben so abrupt und unwiderruflich geendet hatte. Es war so beim Tod seines Vaters, beim Verlassen des Elternhauses, der Beendigung seiner Drückerkarriere, dem Ende seiner Ära als Wanderprediger. Und der radikale Schnitt wiederholte sich wiederum jetzt, denn eine Rückkehr in das Unternehmen war ausgeschlossen. Nie gab es bei ihm fließende Übergänge. Nie war ein Kompromiss möglich. Immer waren seine Lebensabschnitte messerscharf voneinander getrennt und danach in ganz anderen Bahnen verlaufen. Welche Absicht verfolgte das Leben mit diesen erbarmungslosen Einschnitten? Weshalb konnte sein Schicksalsweg nicht wie bei anderen Menschen, kontinuierlich und folgerichtig verlaufen?

Vor seinem Haus angekommen, nahm er von den inneren und äußeren Kämpfen der letzten Wochen ausgelaugt und ermattet den Karton vom Rücksitz, in welchem er die wenigen Utensilien in seinem Büro, die ihm gehörten, eingesammelt hatte. Das gerahmte Bild Kerstins, ein wertvolles Federetui, den Mont-Blanc Füller mit Namensgravur, einige Aktenordner mit mehr oder minder privaten Notizen, Fachbücher und einige Fotos, die ihn zusammen mit Führing und seiner Außendienstmannschaft zeigten. Den Pappkarton auf seinen Knien saß er lange Zeit vor dem Steuer und sah mit starrem Blick zum Fenster hinaus. Wie ein Film zogen die

Ereignisse der letzten zehn Jahre an ihm vorbei und für eine Weile war ihm so, als hätte er diesen Zeitraum nur geträumt. Erst als er in den Karton sah, und die wenigen Gegenstände erblickte, die von seinem Chefbüro übrig geblieben waren, wurde ihm wieder schmerzhaft bewusst, dass seine Karriere ebenso real gewesen war wie ihr abruptes Ende.

FÜNFTER TEIL

32

In den ersten Wochen nach dem sozial abgefederten Rausschmiss brachte Kerstin großes Verständnis für ihren Mann auf. Sie fühlte mit ihm und ermutigte ihn, wann immer er traurig und deprimiert an die Zeit zurück dachte, in welcher er im Schulterschluss mit Gerhard Führing gearbeitet hatte und vom Erfolg verwöhnt worden war. Sie tröstete sich mit dem Gedanken, dass er wohl einfach nur etwas Zeit brauchen werde, um den herben Schicksalsschlag zu verarbeiten, Mut zu schöpfen und in ein anderes Unternehmen zu wechseln. Doch nachdem acht Wochen vergangen waren, ohne das sich an seinem Zustand auch nur das Geringste verändert hatte, wuchs ihre Frustration und ebenso auch ihr Unmut. Es war ihr unverständlich, weshalb Thorsten nicht endlich die Initiative ergriff und sich in einem anderen Unternehmen bewarb.

An einem Freitagabend, Thorsten war wiederum wie so oft in letzter Zeit erst spät am Abend von einem einsamen Spaziergang zurückgekehrt, eröffnete er ihr nach dem Abendessen bei einem Glas Rotwein, er werde sich nicht mehr bewerben. Er würde nicht noch einmal ganz von vorn zu beginnen, sich nicht wiederum vor den Karren anderer spannen lassen, um dann womöglich noch einmal vor einem Scherbenhaufen zu stehen. „Ich spüre es, Kerstin. Eine andere Aufgabe wartet auf mich. Ich weiß nur noch nicht welche."

Kerstin glaubte nicht richtig zu hören. „Würdest du bitte wiederholen, was du gerade gesagt hast!"

„Aber Kerstin!" Er sah die Empörung in ihren Augen. „Warum regst du dich nur so auf? Meinst du denn, mir ist diese Entscheidung leicht gefallen?"

„Ach Thorsten, nun tu doch bitte nicht so, als ob sie dir schwer gefallen wäre. Aus dir ist doch ein richtiger Jammerlappen geworden. Wehleidig und in Selbstmitleid zerfließend. Was soll denn aus uns werden, wenn du dich nicht mehr bewirbst?"

Er konnte sich nicht erinnern, Kerstin jemals so aufgebracht erlebt zu haben. „Sag mal, weißt du eigentlich noch, was du da sagst? Reg dich bitte ab!"

„Weich jetzt bitte nicht aus. Ich wiederhole die Frage: Was soll aus uns werden, wenn du dich nicht mehr bewirbst?"

„Das weiß ich noch nicht! Auf jeden Fall werde ich diesen Job nicht mehr machen!"

„Ach ja? Was denn dann? Hast du denn so viele Wahlmöglichkeiten?"

„Kerstin, hab doch bitte noch ein wenig Geduld, ich..."

Sie fiel ihm ins Wort. „Hab doch noch ein wenig Geduld. Das höre ich nun schon seit zwei Monaten. Meinst du denn für mich ist es einfach? Das ist doch kein Leben. Haben wir etwa dafür vor Jahren alles geopfert?"

Er sprang gereizt auf. „Kerstin, ich befinde mich in einer außerordentlich schwierigen Situation. Und du bringst mir nichts anderes als Vorwürfe und Anschuldigungen entgegen." Mit vor Aufregung zitternden Händen steckte er sich eine Zigarette an.

„Zum *ersten Mal* habe ich dir einen Vorwurf gemacht. Zum ersten Mal seit der Kündigung, Thorsten. Und das nur, weil du weiterhin untätig herumsitzen willst, anstatt endlich einmal etwas zu tun. Bisher war ich andauernd nur damit beschäftigt, dich zu trösten, dich aufzurichten, dir Mut zuzusprechen. Hast du dich einmal gefragt, wie es *mir* geht?"

„Vielleicht suchst du dir einen Job! Das bringt dich auf andere Gedanken!" rief er wütend.

„Mein Gott, kannst du gemein sein!" Sie begann zu weinen.

Ihre Tränen rührten ihn. „Verzeih mir. Ich wollte dich nicht verletzen." Er versuchte ihr übers Haar zu streichen, doch sie wich ihm aus.

„Lass das jetzt!" Sie schlug die Hände vor ihr Gesicht. „Soll ich etwa für uns beide sorgen? Mit meinem kleinen Gehalt werden wir nicht existieren können."

„Kerstin! Das ist mir doch klar. Ich habe nicht vor, die Rollen zu wechseln und Hausmann zu werden."

„Was man nicht denkt, sagt man auch nicht im Ärger."

„Ich will nur vermeiden, dass du ständig auf mich fixiert bist."

„Thorsten, du bist mein Leben. Wie sollte ich denn nicht auf dich fixiert sein?"

Er setzte sich zu ihr und legte ihr den Arm um die Schulter. „Du hast ja recht. Ich bin nicht mehr der Alte."

„Im Moment, ja, aber ich bin fest davon überzeugt, dass du die Krise überwinden wirst."

„Kerstin, darum geht es doch gar nicht mehr."

„Worum geht es dann?"

Er ging vor ihr in die Hocke und suchte ihren Blick. „Ich bin zu der Überzeugung gelangt, dass dieser Abschnitt meines Lebens vorbei ist. Jetzt kommt etwas anderes. So war es immer in meinem Leben. Verstehst du das denn nicht?"

„Nein Thorsten! Nein! Ich verstehe es nicht! Wenn du meinst, du solltest dich nicht bewerben, okay. Aber erwarte nicht von mir, dass ich das akzeptiere."

„Wie kannst du von mir verlangen, dass ich etwas tue, von dem ich nicht überzeugt bin?"

„Thorsten, du warst ein phantastischer Vertriebschef und du wirst es wieder werden, wenn du endlich aufhörst, dich zu bedauern."

„Bis heute Nachmittag glaubte ich auch, ich müsste nur wieder Mut schöpfen. Aber dann wurde mir klar, dass mich etwas anderes zurück hält. Etwas Höheres, Größeres als ich selbst. Dieser Rausschmiss war kein Zufall. Es gibt eine andere Aufgabe für mich."

Sie rang die Hände. „Thorsten, das redest du dir doch nur ein!" Dann, unvermittelt, sackte sie in sich zusammen. „Ach Thorsten, es ist zwecklos. Ich kann dich offenbar nicht überzeugen." Nach einer Weile fügte sie hinzu: „Vielleicht ist es besser, wenn wir uns eine Zeitlang trennen."

„Trennen? Aber wieso denn?"

„Vielleicht hilft dir der Abstand zu mir, zur Vernunft zu kommen. Ich kann dir nicht mehr helfen. Ich fühle mich hilflos."

Er sah sie prüfend an. „Du willst mich wirklich verlassen?"

Sie nickte. „Eine Zeitlang zumindest."

„Aber wo willst du denn um Gottes willen nur hingehen?"

„Ich könnte für ein paar Wochen bei meiner Schwester wohnen. Sie bot es mir an, als ich gestern mit ihr telefonierte."

Er stutzte. „Sie bot es dir an? Also hast du schon vorher mit dem Gedanken der Trennung gespielt und mit ihr darüber gesprochen?"

Sie erwiderte nichts.

Er seufzte, erhob sich, lief quer durch den Raum und ließ sich auf die Couch fallen. „Mein Gott Kerstin. Wohin sind wir gekommen?" Sein Blick ging ins Leere.

„Thorsten, ich brauche auch einmal jemand, dem ich mein Herz ausschütten kann."

„Warum gerade bei deiner Schwester? Sie war doch von Anfang an gegen mich. Durchschaust du denn nicht, dass sie unsere schwierige Situation als Gelegenheit nutzt, um uns auseinander zu bringen?"

„Das wird sie nicht schaffen, denn ich liebe dich Thorsten."

„Und der Beweis dafür ist, dass du dich von mir trennen willst?"

„Mein Gefühl sagt mir, dass es in unserer gegenwärtigen Situation das Beste für uns beide ist."

Er zündete sich erneut eine Zigarette an und rauchte sie hastig, ohne ein Wort zu verlieren. Sie saß am Tisch und starrte auf ihr Weinglas. Als er die Zigarette ausgedrückt hatte, sagte er barsch: „Nun gut, ich kann dich nicht halten. Ich werde mich auf jeden Fall nicht mehr bewerben."

Sie sah zu ihm hinüber. „Ist das dein letztes Wort?"

Als sich ihre Blicke trafen und er ihre Entschlossenheit wahrnahm, schien es ihm unmöglich, ihre Frage mit Ja zu beantworten. Würde sie jemals wieder zu ihm zurückkehren, wenn sie erst einmal unter den negativen Einfluss ihrer Schwester geriet? Würde sie womöglich einen anderen Mann kennenlernen? Kerstin war mit ihren dreiunddreißig Jahren noch immer eine höchst attraktive Frau, der die Männer mit begehrlichen Blicken nach sahen. Und er liebte sie wie am ersten Tag. Er wollte sie nicht verlieren, doch konnte er deshalb seine Entscheidung umwerfen? Unmöglich. Er musste es darauf ankommen lassen. Was wäre das für eine Liebe, die bei der ersten wirklichen Krise in ihrem bisherigen Zusammenleben zerbrechen würde? „Ja", sagte er, wobei er seine Stimme entgegen seiner Wehmut im Inneren Nachdruck verlieh, „das ist mein letztes Wort, Kerstin."

Sie trank den letzten Schluck Wein und eilte wortlos die Treppe empor. Als er eine Stunde später ins Schlafzimmer kam, lag weder sie noch ihre Decke im Bett. Es war das erste Mal, dass Kerstin nicht bei ihm schlief. Ein Lichtkegel durchs Schlüsselloch ihres Zimmers fiel auf den Flur. Bei ihr brannte noch Licht.

33

Eine Woche war sie nun schon nicht mehr bei ihm. Eine Woche, in der er nur außer Haus ging, um ein paar Lebensmittel einzukaufen und gegen Abend einen ausgedehnten Spaziergang zu machen. Ansonsten vertrieb er sich die Zeit mit Gartenarbeit oder dem Lesen tiefgründiger Romane. Manchmal saß er auch vor dem Fernsehgerät, um sich einen Film anzusehen. Meistens waren es Dramen, wobei er alte Schwarz-Weiß-Filme bevorzugte. Er wollte niemanden sehen. Mit niemandem sprechen. Selbst Rolf, mit dem er vorher öfter das Gespräch gesucht hatte, rief er nicht an. Kerstin hatte ihn nur einmal angerufen, um ihm zu sagen, dass sie unbeschadet bei ihrer Schwester eingetroffen sei. Seitdem hatten sie nicht mehr miteinander gesprochen. Sie rief nicht bei ihm an und er nicht bei ihr. Er war ihr nicht gram, obwohl er noch immer nicht zu verstehen vermochte, dass sie keinerlei Verständnis für seinen Entschluss aufbringen konnte. Was hätte er denn tun sollen? Schon einmal hatte er um ihretwillen eine Entscheidung gefällt, die ihm weiß Gott alles abverlangt hatte. Doch damals war er von deren Richtigkeit felsenfest überzeugt gewesen. Jetzt aber war er es nicht. Unmöglich konnte er um ihretwillen einen Weg gehen, den er für falsch hielt.

Es erschien Thorsten unglaublich, dass er noch vor ein paar Wochen beinahe jeden Tag in regem Kontakt mit Menschen zugebracht hatte. Wie war es nur möglich, dass er nun nicht das geringste Bedürfnis nach Kommunikation verspürte? Er fand es höchst erstaunlich, wie ein Einsiedler leben zu können, wo er doch früher kaum einmal das Bedürfnis nach Alleinsein hatte.

Noch immer wusste er nicht, wie der neue Lebensabschnitt aussehen sollte. Doch er war gewiss, dass er die neue Aufgabe nicht suchen musste. Irgendetwas würde geschehen, irgendein Zeichen des Himmels würde ihm den Weg weisen und dann würde er wissen: Das ist es!

Schließlich kam der Termin zur Autoabgabe. Sein Arbeitsvertrag war endgültig beendet. Als er danach mit dem Taxi nach Hause kam, zweifelte er zum ersten Mal an seiner Eingebung. Hatte er sich getäuscht? Hatte Kerstin recht? War er einer Einbildung erlegen? Von nun an würde das Unternehmen kein Gehalt mehr an ihn überweisen. Er musste jetzt von der Abfindung leben. Zwar würde sie gut und gern ein Jahr lang seine Existenz absichern, aber was dann? Was wäre, wenn sich sein innerer Eindruck, vom welchem er damals, vor Wochen, so überzeugt war, doch als Trugschluss herausstellen würde?

Es war gegen elf Uhr abends, als er eine Flasche Wein öffnete, um sich vom Würgegriff der Angst zu befreien. Nachdem sie geleert war, fühlte er sich erleichtert. Doch als er am nächsten Morgen erwachte, überfiel sie ihn mit derselben Intensität.

Wie oft war er in seinem bisherigen Leben schon in Schwierigkeiten gewesen. Noch nie jedoch hatte er ein derart intensives Gefühl von Existenzangst erfahren. Obwohl doch überhaupt kein aktueller Grund dazu bestand. Je mehr ihn die Angst überwältigte, desto öfter betäubte er sich. Manchmal begann er schon am Nachmittag zu trinken.

Er dachte an seine Mutter. Wie sehr hatte er es gehasst, wenn er an ihrem schwankenden Gang den Alkoholeinfluss bemerkte. Und nun? Würde auch er zum Alkoholiker werden? Schließlich trug er ihre Gene in sich. Mein Gott, wenn Kerstin ihn in dieser Verfassung sähe! Oh Kerstin, Kerstin, mein Engel, was ist nur aus mir geworden!

Es war schon kurz vor ein Uhr in der Nacht. Er schwankte ins Bad, um sich vor dem Zubettgehen die Zähne zu putzen. Er sah in den Spiegel. Wer blickte ihm da nur entgegen? War das etwa der adrette, gutaussehende Mann, den Kerstin geheiratet hatte? War das der rhetorisch begabte Redner, der Auditorien zu fesseln vermochte und in Begeisterungsstürme ausbrechen ließ? War das der dynamische Verkäufer, den Führing zum Vertriebschef auserwählt hatte? Aus dem Spiegel sah ihm ein unrasiertes, zerquältes Gesicht mit ungepflegtem Haar und dunklen Rändern unter den besoffenen Augen entgegen. Was unterschied ihn eigentlich noch von einem Penner? Er musste laut lachen, als ihm der Unterschied bewusst wurde. Er war ein Penner mit eigenem Haus und einer großen Summe Geld auf dem Konto. Ansonsten gab es keinen Unterschied mehr. Aus ihm war ein haltloser, einsamer Mensch ohne Hoffnung auf eine bessere Zukunft geworden.

Rolf Carstens wurde in zunehmendem Maße unruhig. Bisher hatte er seinem inneren Eindruck vertraut, sein Freund brauche Zeit, um den Karriereknick zu verdauen und zu seiner alten Stärke zurück zu finden. Er wollte ihn dabei nicht stören. Aufdringlich wäre er sich erschienen, wenn er ihn aufgesucht hätte. Doch nun waren seit Kerstins Abreise schon drei Wochen vergangen, ohne dass er sich bei ihm gemeldet hatte.

Als er am späten Nachmittag an seiner Tür klingelte, musste er lange warten, bis sie sich öffnete. Er vermied es, sich den Schreck anmerken zu lassen, der ihn bei seinem desolaten Anblick durchfuhr. Er streckte ihm freundlich die Hand entgegen. „Thorsten, lange nichts mehr von dir gehört. Ich dachte, ich schau mal vorbei."

Thorsten ergriff seine Hand. „Es tut mir leid Rolf. Mein Zustand... ich meine... ach was soll's, bitte komm rein."

Rolf blieb über zwei Stunden bei ihm, ohne etwas für ihn tun zu können. Thorsten war zu benebelt. Als er ihn verließ und zu Hause ankam, rief er Kerstin an. Nachdem er ihr berichtet hatte, in welchem Zustand er Thorsten vorgefunden hatte, bat er sie inständig, zu ihm zurück zu kehren. Es wäre nicht notwendig gewesen. Kerstin packte am selben Abend. Schon am nächsten Morgen saß sie im Auto.

Thorstens Griff zur Flasche nahm ein abruptes Ende, als Kerstin wieder bei ihm war. Doch auf seinen inneren Zustand hatte ihr Erscheinen und ihre ungebrochene Liebe zu ihm keinerlei Einfluss. Ihr schien, als hätte er sich aufgegeben. Kerstin wusste sich schließlich keinen anderen Rat, als Rolf zu bitten, mit Thorsten zu sprechen.

Rolf kam noch am selben Abend. Thorsten saß auf der Terrasse, ein Roman seines Lieblingsschriftstellers Hermann Hesse lag aufgeschlagen vor ihm auf dem Tisch. Er hatte die Augen geschlossen, sein Gesicht war der Sonne zugewandt.

Rolf setzte sich zu ihm und schwieg. Erst zehn Minuten später schlug Thorsten die Augen auf und bemerkte seine Anwesenheit. „Rolf, was machst du hier?"

Er lächelte. „Ich sitze hier schon eine ganze Weile, wollte dich aber nicht stören. Ist dir mein Besuch denn überhaupt recht?"

„Aber natürlich. Was führt dich zu mir, mein Freund?" Er rückte sich im Stuhl zurecht und versuchte, sein zerzaustes Haar glattzustreichen.

„Kerstin macht sich große Sorgen um dich."

Er nickte ein paarmal hintereinander. „Verständlich." Dann zuckte er die Achseln. „Ich kenne mich selbst nicht mehr, Rolf. Ich bin wie gelähmt."

„Darf ich offen zu dir sprechen, Thorsten?"

„Ich bitte darum."

„Was du erlebst, ist nicht ungewöhnlich nach so einem massiven Karriereknick. Jahrelang warst du ganz oben. Deine Position war unangefochten. Du warst anerkannt und äußerst beliebt. Alles was du anpacktest, gelang dir. Und dann: Innerhalb weniger Wochen wurdest du zu einer persona non grata. Soweit ich weiß, haben sich während der ganzen Zeit nur vier deiner früheren Mitarbeiter bei dir gemeldet und sich nach deinem Wohlergehen erkundigt. Die Firma, für die du dich jahrelang aufgerieben hast, muss dir wie ein Monster erscheinen. Man hat dich wie einen Gegenstand benutzt und weggeworfen, als er seinen Nutzen scheinbar verlor. Wie solltest du nach allem, was du erlebst hast, nicht zutiefst deprimiert sein? Nur oberflächliche Typen würden sich wie ein ausgesetzter, im Regen stehengelassener, nasser Bastard schütteln und sich einen neuen Herrn suchen. Negative Gefühle, mein Freund, sind an sich nichts Schlechtes. Im Gegenteil: Sie sind ein Signal. Sie weisen auf etwas in unserem Leben hin, das es zu ändern gilt. Nur wenn sie sich bei uns einnisten können, zersetzen sie unsere Moral und unterminieren unsere Gesundheit. Du bist jetzt an diesem Punkt angelangt."

„Du hast meine Erfahrung famos formuliert. Und du hast völlig recht. Die übergroße Traurigkeit nach dem Ende meiner Karriere war ein Signal. Und das erkannte ich auch. Deshalb entschloss ich mich ja, in kein neues Unternehmen zu wechseln. Tief in mir wusste ich plötzlich: Ein neuer Lebensabschnitt beginnt. Diese Gewissheit war so machtvoll, dass ich meine Krise für beendet hielt. Selbst als Kerstin aus dem Haus war, verließ mich dieses Gefühl der Sicherheit kaum einmal wirklich. Doch dann kam der Tag, an dem mein Arbeitsvertrag offiziell auslief. Und mit ihm kamen die Angst und der Zweifel. Und so geht das nun schon über viele Wochen."

„Die Angst und der Zweifel sind eben solche Signale wie es vorher die Trauer und Melancholie war. Es gilt jetzt nur heraus zu finden, was sie dir zeigen wollen."

Thorsten war hellhörig geworden. Zum ersten Mal seit langer Zeit spürte er wieder Hoffnung in sich aufkeimen. „Was meinst du Rolf? Was könnten mir diese Gefühle sagen wollen?

„Auf welche Weise fandest du heraus, was dir die Traurigkeit signalisierte?"

„Lass mich überlegen. Es geschah, während ich spazieren ging. Plötzlich war dieser Gedanke in mir: Bewerbe dich nicht mehr. Du wirst einen anderen Weg gehen." Er zuckte die Achseln. „Mehr kann ich dazu nicht sagen."

„Lass uns nachdenken, Rolf. Was genau spürtest du in dir, bevor dir dieser Gedanke durch den Kopf ging?"

„Einfach Traurigkeit, Rolf. Und ein ungeheurer Widerstand bei dem Gedanken, mich noch einmal vor den Karren anderer spannen zu lassen."

„Hättest du, ohne diesem Widerstand nachzuspüren, jemals diesen Vorsatz gefasst?"

„Womöglich nicht."

„Daran siehst du, dass negative Gefühle tatsächlich Signale sind. Hinter ihnen steckt eine Botschaft. Jetzt gilt es lediglich herauszufinden, was dir die Angst sagen will."

„Aber was nur?"

„Angst erfüllt eine Schutzfunktion, Thorsten. Stell dir nur einmal vor, was geschähe, wenn du keine Angst davor hättest, auf dem Dachfirst spazieren zu gehen oder mit hoher Geschwindigkeit auf eisglatter Straße zu fahren. Auch Existenzangst will dich nur schützen. Die Frage ist nur: Wie reagierst du auf sie? Was tust du zu deinem Schutz?"

Thorsten wurde nachdenklich. Was tat er, um sich zu schützen vor der Gefahr, die ihm drohte, wenn er arbeitslos blieb? „Ich warte. Eigentlich tu ich nichts anderes, als warten."

„Und worauf wartest du?"

„Dass mir der Weg, den ich gehen soll, klar wird."

„Du erwartest also, dass das Glatteis wie durch ein Wunder taut. Und lässt deshalb den Wagen mit voller Geschwindigkeit in sein unvermeidliches Unglück rauschen."

Was der Freund gesagt hatte, war wie der Stromschlag beim Berühren eines Weidezauns durch seinen Körper gezuckt. „Du meinst also, ich sollte handeln? Das leuchtet mir ein. Das Problem ist nur, dass ich noch immer nicht weiß, *was* ich tun soll."

„Angenommen, du fährst mit hoher Geschwindigkeit und nimmst plötzlich wahr: Auf der Fahrbahn bildet sich Eis. Die Angst vor dem Unfall signalisiert dir: Handle! Sofort! Wenn du das Signal befolgst, ist sie weg. Doch Angst kann auch lähmen. Und zwar, wenn du nichts tust. Und je länger du nichts tust, desto mehr wird sie sich intensivieren. Angst sagt dir niemals konkret, *was* du tun sollst. Sie ist nur ein Handlungsbedarfssignal. Ob du richtig reagierst, um den Unfall zu vermeiden, hängt davon ab, wie gut deine Reaktionsfähigkeit als Fahrer ist. Doch das ändert nichts daran, dass Angst dich zum Handeln auffordert."

„Ein glänzendes Beispiel, aber ich vermag nicht zu erkennen, wie ich es in meiner Situation umsetzen sollte. Auf glatter Fahrbahn richtig zu reagieren, erscheint mir als geübter Autofahrer wesentlich leichter, als zu entscheiden, was ich unternehmen soll, um mich beruflich nicht aufs Glatteis zu begeben."

„Thorsten, wenn du erkannt hast, dass es zu handeln gilt, anstatt nur zu warten, dann wird dich die Angst nicht mehr lähmen. Niemand kann dir sagen, was genau zu tun ist. Das musst du selbst erkennen. Und du wirst es erkennen. Ebenso erkennen, wie du erkannt hast, dass du dich einer anderen Aufgabe zuwenden solltest. Erinnere dich: Gleich nachdem du das Signal der Traurigkeit *verstanden* hattest, wich sie von dir. Ebenso wird es jetzt mit der Angst sein."

Rolf sah aus, als wäre eine große Last von seinen Schultern gefallen. Kerstin fiel es sofort auf, als sie mit drei Gläsern Orangensaft auf der Terrasse erschien. „Darf ich mich zu euch setzen?" fragte sie und stellte das Tablett auf dem Gartentisch ab.

„Du kommst genau zur richtigen Zeit, Schatz", sagte Thorsten, „Rolf hat gerade eben einen intensiven Fahrkurs mit mir abgeschlossen. Das macht Durst."

„Einen Fahrkurs?" Sie nahm Platz und sah erstaunt von einem zum anderen.

Rolf lachte. „Ja, so kann man es nennen. Allerdings muss er sich noch in der Praxis bewähren. Aber ich habe nicht den geringsten Zweifel daran, dass Thorsten diesen Test mit Auszeichnung bestehen wird."

36

Handeln war das erste Wort, das ihm durch den Kopf fuhr, als er am nächsten Morgen erwachte. Die Zeit des Wartens sollte endgültig der Vergangenheit angehören. Doch was sollte er tun? „Lauf", ging es ihm durch den Kopf. „Zieh deine Sportschuhe an und lauf dir den Kopf frei!" Kerstin schlief noch. Es war erst halb sieben. Warum sollte er jetzt schon aufstehen? Er könnte auch später laufen. Zeit gab es schließlich in Hülle und Fülle. Als er sich im Bett umdrehte, um weiter zu schlafen, fand er jedoch keine Ruhe.

Um Kerstin nicht zu wecken, stahl er sich leise aus dem Schlafzimmer und zog sich seine Sportsachen an. Er öffnete die Haustür. Ein Sonnenstrahl stach ihm ins Gesicht. Keine Wolke war am Himmel erkennbar.

Thorsten brauchte nur wenige Minuten, um zu dem in der Nähe angrenzenden Pfad zu gelangen, der kilometerlang durch Wiesen, Felder und Waldgebiet führte. Zum letzten Mal war er diese Strecke kurz nach seiner Kündigung gejoggt. Danach hatte er sein regelmäßiges Laufpensum von mindestens drei Tagen pro Woche eingestellt.

Nach zehn Minuten musste er die Geschwindigkeit drosseln. Seine Pulsfrequenz lag sicher weit über der Obergrenze des aeroben Bereichs, auf deren Einhaltung er früher wegen optimaler Fettverbrennung immer peinlich genau geachtet hatte. Doch je länger er lief, desto mehr kehrte das euphorische Körpergefühl zurück, das er früher so sehr genossen hatte. Die besten Gedanken und Inspirationen hatte er immer beim Laufen erhalten.

Unglaublich! Was hatte er sich da nur monatelang entgehen lassen? Seine stumpf gewordenen Sinne begannen sich langsam zu schärfen. Der würzige Duft frisch gemähten Grases bezauberte wieder seinen Geruchssinn, das muntere Vogelgezwitscher entzückte sein Ohr, der sonnendurchstrahlte Laubwald sein Auge. In Strömen lief ihm der Schweiß über die Stirn, brannte in seinen Augen. Egal. Schon lange war er nicht mehr so glücklich gewesen. *Handeln!* Das war es! Nicht länger warten. Nicht bangen! Nicht resignieren!

Er rannte und rannte. Schweißüberströmt kam er erst nach einer Stunde zurück. Kerstin stand im Morgenmantel in der Küche und braute Kaffee. „Schatz!" rief er aus, nahm sie bei den Schultern und sah ihr freudestrahlend in die Augen. „Jetzt wird alles gut. Ich weiß es. Die Zeit des Leidens ist endlich vorbei! Endgültig vorbei!"

Seine plötzliche Wandlung kam so überraschend für Kerstin, dass sie von einem Weinkrampf geschüttelt wurde. Eine Zentnerlast schien von ihren Schultern zu fallen.

SECHSTER TEIL

37

Führing hatte Motivationstrainer zeit seines Lebens für Blender und Geldschneider gehalten. Thorsten hatte sich die Meinung seines väterlichen Freundes zu Eigen gemacht. Beinahe wöchentlich waren früher entsprechende Angebote auf seinem Schreibtisch gelandet. *Schicken Sie Ihre Mitarbeiter zu uns! Wir machen sie fit! Überdurchschnittliche Umsatzsteigerungen sind das Ergebnis!* Er war auf derlei platte, unbewiesene Sprüche nie herein gefallen. Seit er jedoch das Handeln zu seiner Maxime gemacht hatte, gab es kein Schreiben, keine Annonce, keine Begegnung, die er nicht einer genauen Prüfung unterzog. Daher warf er die Einladung zu der Motivationsveranstaltung, die er am Morgen im Briefkasten vorfand, nicht achtlos in den Papierkorb, wie er das vorher getan hätte. Fest stand für ihn nur, dass er sich nicht mehr in das enge Korsett eines Angestelltenverhältnisses pressen lassen würde. Für alles andere hielt er sich offen. Um keine sich bietende Chance zu verpassen, hatte er die Veranstaltung mehrerer Strukturvertriebe besucht, am Casting eines bekannten Fernsehsenders teilgenommen, sich als Moderator für Modenschauen beworben und sogar über den gut bezahlten Job eines Begräbnisredners nachgedacht.

Von Peter Pontiak hatte er bereits gehört, wusste jedoch von ihm nur, seine Motivationsveranstaltungen seien gut besucht und meistens bis auf den letzten Platz besetzt. Kerstin hatte sich bereit erklärt, ihn zu begleiten, doch als sie feststellte, dass der Eintritt pro Person bei zweihundert Mark lag, zog sie ihr Angebot zurück.

Die Veranstaltung fand in eben dem Saal des Hilton-Hotels in Frankfurt statt, in welchem Thorstens Karriere als Vertriebschef begonnen hatte. War das womöglich ein Zeichen? Ein weiteres Signal? Als er seinen Platz eingenommen hatte, lösten die Erinnerungen, insbesondere solche an Führing, nostalgische Gefühle in ihm aus. Ihm blieb jedoch keine Zeit, den Bildern aus der Vergangenheit nachzuhängen, denn wenig später setzte extrem laute Popmusik ein, die den Saal aus riesigen Lautsprecherboxen beschallte. Die Bässe und Paukenschläge waren körperlich spürbar und fuhren ihm in den Magen. Plötzlich ein Schrei wie im Urwald: „Wooooobaaaaa!" Schon sah man Peter Pontiak durch den Mittelgang rennen, um wenig später mit demselben langgezogenen Urschrei auf die Bühne zu springen. Mit dem Mikrophon in der Hand raste der grau melierte, mit dunklem Anzug, weißem Hemd, Weste und schreiend bunter Krawatte bekleidete Endvierziger von einem Bühnenende zum anderen, schlug sich immer wieder wie ein kampfbereiter Gorilla mit beiden Fäusten auf die Brust, brüllte seine Appelle zu positivem Denken ins Publikum, ließ die Besucher aufstehen, forderte sie zur Überwindung ihrer Hemmschwellen auf, dem jeweiligen Nachbarn zunächst möglichst dumme Fratzen zu schneiden, dann auf die Stühle zu klettern und ihre Glieder im Rhythmus der wieder einsetzenden Popmusik zu verrenken. Anschließend bat er einen Freiwilligen, ein Verkäufer musste es unbedingt sein, zu sich auf die Bühne, ließ ihn: „Ich bin der beste Verkäufer in Frankfurt!" brüllen, immer wieder und immer lauter, bis sich dessen Stimme schier überschlug. Er forderte das Publikum nach jeder Proklamation zum Applaus auf, was prompt geschah, hüpfte behände von der Bühne, raste anschließend wiederum durch den Gang, stieß dabei seinen Dschungelruf aus, blieb unvermittelt stehen, hielt seine Hand hinter das Ohr, bis das Echo aus dem begeisterten, etwa tausend Münder zählenden Publikum zurück brandete. Danach bat er Menschen mit Schlangen und Spinnenphobie auf die Bühne, brachte sie dazu, sich den gefürchteten Tieren zu nähern, sie sogar zu streicheln und vollführte einen närrischen Freudentanz, wenn sie auf seine Frage, ob sie sich noch fürchten würden, mit einem ängstlich klingenden, zaghaften „Nein" antworteten. Zwischen den Showeinlagen drosch er unzählige Phrasen, erbrach sich förmlich in Plattitüden, die letzthin darauf hinaus liefen, man müsse nur an sich glauben, von sich selbst überzeugt sein, um Erfolg im Leben zu haben, steinreich oder gesund oder beides zu werden. Was man auch immer begehre, wenn man nur glaube, man besitze im Inneren bereits, was man glaube im Äußeren unbedingt besitzen zu müssen, dann würde, ja dann müsse es sich unzweifelhaft materialisieren.

Thorsten hörte kaum noch, was der brüllende, schwitzende, stampfende, hüpfende, unermüdlich von einem Bühnenende zum anderen hin und her rasende Motivationsguru sprach. Durch seinen Kopf raste etwas ganz anderes. Drei Sätze, die sich immer und immer wiederholten: Das ist es! Das kann ich auch! Das mache ich besser als er!

Auf keinen Fall würde er ein Plagiat des Motivations-clowns Peter Pontiak werden. Er würde die Menschen nicht pushen, um billige Knalleffekte zu erreichen. Er würde sie nicht aufblasen wie einen Luftballon, der am nächsten Tag beim ersten Nadelstich einer Beleidigung oder Verletzung platzte. Er würde sie keinen Veitstanz aufführen lassen, dessen Wirkung bei der ersten zu bestehenden Schwierigkeit verpuffte. Er hatte noch keine Ahnung, wie er auftreten würde, aber er war sich gewiss: Das war es! Das musste die Aufgabe sein, von der er so lange geträumt hatte, ohne zu wissen, worum es sich handelte.

Gleich morgen würde er damit beginnen, ein schlüssiges Konzept auszuarbeiten. Mit Ungeduld fieberte er dem Ende der Veranstaltung entgegen.

Als es endlich soweit war und er sich dem Ausgang näherte, wollte es der Zufall, dass er Pontiak, der gerade auf dem Weg zum Büchertisch war, in die Arme lief. Eigenartig war das: Aus der Nähe betrachtet schien dieser Mann, den er als Blender eingeschätzt hatte, authentisch zu sein. Gutmütig lächelnd, ruhig und besonnen, signierte er seine Bücher und schüttelte Hände, unzählige Hände, die ihm seine Fans, junge wie alte, entgegen streckten. Womöglich war dieser Mann gar kein Clown, womöglich spielte er den Clown nur, ging es Thorsten durch den Kopf. Anders vermochte er sich die Verwandlung des Mannes nicht zu erklären.

38

Wenn er die Augen schloss, sah er Menschen. Viele Menschen. Massen von Menschen. Junge und Alte. Männer und Frauen. Sie strömten herbei. Von überall her. Sie kamen, um ihn zu hören. Ein ungeheures Glücksgefühl durchrieselte ihn, wenn er sich vor ihnen auf dem Podium stehen sah. Es würde sein wie damals, vor vielen Jahren, als er Reverend war. Nur ohne den Umweg über das religiöse Dogma. Mit einer anderen, zeitgemäßen Botschaft. Er kannte nahezu alle einschlägigen Werke über mentales Training und hatte, als er noch Führungskraft war, über ein Dutzend entsprechende Seminare besucht.

Jedoch – wie würden sich die Säle füllen lassen? Weshalb sollten die Menschen zu ihm kommen? Es gab nur einen Weg. Er musste bekannt werden. Man musste über ihn sprechen. Über ihn schreiben. Über seine Erfolge berichten. Er musste sich einen Namen machen. Ohne die Referenzen bedeutender Unternehmen würde das nicht gelingen.

Er beauftragte eine Werbeagentur mit der Gestaltung eines hochwertigen Prospekts und formulierte ein kurzes Anschreiben. Zwei Wochen waren Kerstin und er mit dem Versand des Trainingsangebots an alle bedeutenden Unternehmen beschäftigt. Die Ausbeute war niederschmetternd. Die Resonanz deprimierend. Kaum jemand interessierte sich für ihn. Und die wenigen Interessierten vertrösteten ihn auf einen späteren Termin.

Ihm blieb nur eine Alternative: Er musste die für die Weiterbildung in den Unternehmen verantwortlichen Personen persönlich anrufen. Doch auch diese Aktion war alles andere als von Erfolg gekrönt. Die meisten seiner Ansprechpartner reagierten genauso, wie er als Vertriebschef reagiert hatte, wenn ein Motivationstrainer anrief, um seine Dienste anzubieten: Erstens habe er jetzt keine Zeit, zweitens hätte man bereits einen Trainer engagiert, drittens bevorzuge man klassisches Verkaufstraining, viertens solle er sich vielleicht in einem halben Jahr noch einmal melden, dann werde man sein Angebot überdenken. Doch dies war nicht etwa ernst gemeint, sondern das beste Mittel, um den Anrufer zu vertrösten und möglichst schnell loszuwerden.

Die größte Schwierigkeit bestand darin, den Unterschied seines soliden Trainingskonzepts gegenüber der Effekthascherei in den Motivationsshows seiner Kollegen zu verdeutlichen. Zwar war sein Ansatz derselbe, auch er war davon überzeugt: Bevor etwas in der Welt geschah, musste es zuerst im Kopf geschehen. Die Methoden aber, mit denen er arbeiten wollte, unterschieden sich diametral. Doch dies am Telefon zu vermitteln, scheiterte daran, dass man ihn mit den Scharlatanen, Trickbetrügern und Quacksalbern in der Branche in einen Topf warf, sobald der Begriff Motivationstraining fiel.

Er musste seine Strategie ändern. Es war sinnlos, Personalleiter, auf deren Schreibtisch beinahe täglich ein anderes Trainingsangebot lag, überzeugen zu wollen. Warum nutzte er eigentlich nicht seine früheren Kontakte in der Industrie? Beispielsweise den zu Jürgen Striebel, Vertriebsleiter der TOPFOODS GmbH, einem bedeutenden Unternehmen, das Markenartikel vertrieb? Schon der erste Anruf bei ihm war erfolgreich, denn Striebel wusste um die überragenden Erfolge Thorstens als Vertriebschef der Hessenstadt AG und hatte daher Vertrauen in ihn. Endlich, nach acht Wochen harter Knochenarbeit, der erste Erfolg. Kerstin und Thorsten fielen sich in die Arme und öffneten eine teure Flasche Champagner, obwohl es erst elf Uhr morgens war.

Das Feedback der rund hundert Außendienstmitarbeiter nach den Dreitagesseminaren, an denen jeweils zehn Personen teilnahmen, war so phänomenal, dass Striebel ihn anschließend gleich für das nächste Jahr buchte.

Nachdem Thorsten von fünf verschiedenen Unternehmen gebucht worden war, deren Geschäftsführer oder Vertriebsleiter er von früher her kannte, wurde in den Personalabteilungen über seine Trainingserfolge gesprochen und er erhielt die ersten Anfragen. Ein Jahr später war Thorsten komplett ausgebucht.

Um die Aufträge im zweiten Jahr abdecken zu können, engagierte er zwei Trainerprofis, die er auf sein Konzept einschwor. Sein Heimbüro wurde zu eng, er mietete in der Frankfurter City Büroräume an und stellte eine Sekretärin, sowie eine Hilfskraft ein. Kerstin erklärte sich bereit, das Büro zu leiten.

Thorsten war nun mehr unterwegs als in seiner Zeit als Vertriebschef. Seine Einnahmen verdreifachten sich. Er fuhr wieder einen 7er BMW und Kerstin erhielt zum Geburtstag ein nagelneues Coupé des bayerischen Autoherstellers. Zeit für Urlaub blieb jedoch nicht. Und auch die Freizeit war knapp. Manchmal sahen sie sich eine ganze Woche lang nicht und telefonierten nur miteinander. Doch das Geschäft boomte. Schon ein Jahr später war sein Team auf acht Trainer angewachsen. Im Büro hatten jetzt vier Mitarbeiterinnen alle Hände voll zu tun, um die Korrespondenz zu bewältigen, Rechnungen zu schreiben, Kundenanfragen zu beantworten und die Seminarunterlagen vorzubereiten. Werbeaktivitäten erübrigten sich. Es war „in" *Thorsten Klüwer Seminare* zu buchen. Es wurde Zeit, über die Verwirklichung seines Traums nachzudenken.

Thorsten nahm Kontakt mit dem größten in Deutschland tätigen Unternehmen für Erwachsenenweiterbildung auf. Die Buchenhain-Media vertrieb ein großes Sortiment von Büchern, Tonkassetten, Videos, war darüber hinaus als Promoter tätig und veranstaltete bundesweit Seminare für Trainerpersönlichkeiten aus dem In- und Ausland. Michael Groß, der Geschäftsführer, zeigte sich spontan begeistert vom Thorsten Klüwer Konzept. Einen Monat später kam es zur Unterzeichnung eines Kooperationsvertrags. Die Buchenhain-Media erklärte darin, die Organisation für einen sogenannten Power-Day mit Thorsten Klüwer in Köln, Frankfurt, Hamburg und München zu übernehmen. Ein aufwendiger Werbeprospekt wurde gedruckt und an alle in der Adressenbank vorhandenen Interessenten ausgesandt.

Nach diesen Veranstaltungen, zu denen jeweils zwischen drei und fünfhundert Besucher, sowie einige Pressevertreter erschienen, war in Deutschland ein neuer Motivationsguru geboren. Bis auf einen einzigen negativen Pressebericht – Thorsten Klüwer sei ebenso wie Peter Pontiak und Konsorten ein begabter Manipulator, der es lediglich besser als seine Kollegen verstehe, sich den Anschein von Seriosität zu geben – waren alle anderen Artikel des Lobes voll. Klüwer arbeite nicht mit leicht durchschaubaren Psychotricks, sondern zeige den Menschen Mittel und Wege zu wirksamer Psychohygiene. Der Mann sei nicht nur ein verdammt guter Redner und besitze Charisma, sondern ebenso auch Kompetenz und Sachverstand. Endlich erhielten die Menschen einmal für ihr Geld vernünftige Ratschläge. Echte Hilfe zur Selbsthilfe werde da geboten. Erfolg sei machbar, wenn man die Werkzeuge nutze, die Klüwer einst selbst in eine Spitzenposition in der freien Wirtschaft gebracht hätten. Und die Übungen, welche er mit den Besuchern durchführe, seien bestens zum Stressabbau und zur raschen Überwindung von Erschöpfungszuständen geeignet und dienten keineswegs nur billiger Effekthascherei.

Kein Wunder, dass Buchenhain-Media den Vertrag verlängerte und für die nächste Veranstaltungsreihe eine wesentlich höhere Besucherzahl erwartete. Anstatt Sälen wurden Hallen angemietet. Dreitausend bis fünftausend Sitzplätze standen damit pro Veranstaltung zur Verfügung. Die hohen Erwartungen wurden jedoch noch übertroffen. Gleichgültig in welcher Stadt der sogenannte Power-Day stattfand, ob in Frankfurt, Stuttgart, Berlin, Düsseldorf – überall waren die Hallen brechend voll. Selbst die Stehplätze waren besetzt.

Nach dieser Veranstaltungsserie stand das Telefon nicht mehr still. Unzählige Journalisten meldeten sich für Interviews an. Radiosender boten ihm an, seine Philosophie als Gast in Musiksendungen zu propagieren. Fernsehsender luden ihn zu den Talkshows mit der höchsten Zuschauerquo-

te ein. Verschiedene prominente Verlage boten ihm gut dotierte Verträge für ein Buchprojekt an. Bedeutende Unternehmen baten ihn, als Konferenzredner aufzutreten. Trainer
aus Deutschland, Österreich, Frankreich, Belgien, Holland,
Italien, Spanien und der Schweiz wollten Lizenzen erwer-
ben, um das erfolgreiche Konzept für die gefragten *Thorsten
Klüwer Seminare* in eigener Regie zu vermarkten.

Ein Geschäftsführer musste her. Möglichst schnell, denn
Thorsten hatte für die Organisation der zahllosen Projekte
und Termine keine Zeit mehr. Auf eine Annonce in der
Frankfurter Allgemeinen flatterten ihm über hundert Bewer-
bungen auf den Schreibtisch. Einen ganzen Tag waren er
und Kerstin mit der Sondierung beschäftigt. Mindestens
zehn Personen kamen für den Job in Frage. Die Entscheidung fiel ihnen schwer, denn unter den Bewerbern befanden
sich mehrere Koryphäen aus der Branche. Erst am späten
Abend fiel die Entscheidung auf einen Eventmanager, der
insbesondere durch seine langjährige Erfahrung bestach und
ein wahres Organisationstalent zu sein schien. Er kam zwar
nicht aus dem Trainingsgeschäft, sondern hatte bisher in
vielen Ländern der Erde Auftritte bekannter Rockgruppen
und Popstars organisiert – selbst so bekannte wie die Rolling
Stones, Elton John und Leonard Cohen waren darunter –
jedoch kannte er das Geschäft schon seit zwanzig Jahren und
hatte zudem Erfahrung auf dem internationalen Parkett.
Kerstin kamen Bedenken beim Betrachten des Fotos, das
einen kleinwüchsigen, ziemlich korpulenten Mann mit einem ebenso runden Gesicht, Schnurrbart, Stirnglatze und
einem breiten Grinsen zeigte, obgleich sie ihre Skepsis nicht

begründen konnte. Thorsten jedoch wollte den erfahrenen Profi unbedingt haben. Schließlich sei auch er ein Seiteneinsteiger, Priorität habe, dass der Mann organisieren und für die Erweiterung seines Geschäfts in andere Länder sorgen könne und das habe er schließlich eindrucksvoll unter Beweis gestellt. Am nächsten Morgen rief Thorsten ihn an und sprach einen Termin für das Vorstellungsgespräch ab.

Josef Rubinstein hatte seinen Preis. Unter dreihunderttausend per annum käme der Job für ihn nicht in Frage. Darüber hinaus forderte er sowohl eine Erfolgsbeteiligung an den Honoraren der Lizenznehmer, die er gewinne, als auch an den Eintrittspreisen für jede Veranstaltung, die er im In- und Ausland organisiere. Thorsten imponierten das forsche Auftreten und der kluge Verhandlungsstil des trotz seiner Körperfülle dynamisch und beweglich wirkenden Mannes. Thorsten hatte weder mit der Höhe des Jahresgehalts, noch mit der Erfolgsbeteiligung ein Problem; allein mit der letzten Veranstaltungsreihe hatte er über zwei Millionen Mark eingenommen. Drei Tage später wurden sie sich einig und unterzeichneten den Arbeitsvertrag.

39

Das prachtvolle Haus lag an einem mit Kokospalmen und Bananenstauden, Mango und Papaya Bäumen bewachsenen Hang. Exotische, in vielen leuchtenden Farben blühende Büsche, wohin das Auge auch blickte. Unwillkürlich fragte man sich, ob es im Garten Eden schöner und idyllischer gewesen sein konnte. Von der Terrasse aus erschloss sich dem Betrachter die unendliche Weite des türkisblau schimmernden Meeres, deren Ausläufer sich am vorgelagerten Riff donnernd überschlugen und am Fuß der Erhebung den feinsandigen, weißen mit urzeitlichen, bizarren Granitfelsen übersäten Strand sanft überspülten. Über hundert Steintreppen führten durch die üppige Pflanzenwelt zum Ufer hinunter. Zahllose Mangrovenbäume und Palmen säumten die in leichtem Linksbogen verlaufende Küste.

Thorsten hatte das kleine Paradies auf Mahé, der größten der insgesamt hundertfünfzig Seychellen Inseln vor zwei Jahren käuflich erworben, als sie sich zum ersten Mal nach anstrengenden vier Jahren harter Aufbauarbeit, vierzehn Tage Urlaub leisteten. Das grüne Atoll hatte beiden auf Anhieb gefallen. An der Hotelbar waren sie mit einem deutschen Auswanderer ins Gespräch gekommen, der schon viele Jahre auf Mahé lebte. Er erzählte ihnen von dem Grundstück und als sie es sahen, entschlossen sie sich spontan, es seinem Besitzer, der in Geldnöten war, abzukaufen. Seitdem waren zwei Jahre vergangen.

Bei wolkenlosem Himmel und einer Temperatur von über dreißig Grad im Schatten lag Thorsten faul, nur mit einer

Badehose bekleidet, in einem der Liegestühle auf der Terrasse. Einer der beiden dunkelhäutigen Gärtner, die sich ganzjährig um die Pflege des über zehntausend Quadratmeter großen Anwesens kümmerten, verabschiedete sich gerade von Kerstin und Susanne. Er hatte den beiden Frauen beim Sammeln der Früchte geholfen und den schweren Korb getragen, der mit Bananen, Mangos, Papayas und Passionsfrüchten gefüllt war. Sie schlichen schweigend über die Terrasse, um Rolf nicht bei seinen allmorgendlichen Tai Chi Übungen zu stören und machten sich anschließend in der angrenzenden Küche zu schaffen.

Thorsten ließ die letzten zwölf Tage, die sie mit dem befreundeten Ehepaar verbracht hatten, Revue passieren. Wie im Flug war die Zeit vergangen, obwohl sie nur an zwei Tagen Ausflüge zur Erkundung der Insel unternommen hatten. Er liebte die Gespräche mit Rolf und wenn er nicht gerade las, an einem Konzept arbeitete, sich wegen der mörderischen Hitze im Pool abkühlte, allein über die Plantage streifte, kurz vor Sonnenuntergang mit Kerstin einen Strandspaziergang unternahm oder joggte, nahm er die Gelegenheit zur Konversation mit ihm wahr. Er sah auf die Uhr. Schon in zwei Stunden würde ihn das Taxi abholen und zum Flughafen fahren. Kerstin, Rolf und Susanne würden erst in zwei Tagen nachkommen.

„Ich kann mich noch immer nicht satt sehen", schwärmte Rolf, der seine Tai Chi Übungen abgeschlossen hatte. Er setzte sich in den Liegestuhl neben Thorsten, ließ seinen Blick über die Anlage schweifen und sog den schweren, süßlichen Duft der vielfältigen Blütenpracht ein. „Nur schade, dass ihr nicht öfter hier sein könnt."

„Das kommt noch." Thorsten löffelte gerade eine Papayafrucht aus. „Ab nächstem Jahr werden wir jährlich mindestens acht Wochen hier verbringen. Nirgendwo gelingt es mir besser, abzuschalten."

„Das ist unschwer zu verstehen."

„Und schreiben kann ich hier auch am besten. Der größte Teil meines Buches ist hier entstanden."

„Hast du denn vor, ein neues zu schreiben?"

Thorsten nickte. „Allerdings erst nach meinem Auftritt in Dortmund."

„Mein Gott, der größte, den du je hattest. So viele Besucher wie nie zuvor! Mir wäre Angst und Bange vor so einem Auftritt."

Thorsten lachte. „Das wird wohl den meisten so gehen. Bei mir ist das anders. Je mehr Menschen, desto inspirierter fühle ich mich." Er stellte den Teller mit der ausgelöffelten Papayafrucht ab. „Rolf, dass ich vor der beeindruckenden Kulisse der Fußballarena von Dortmund auftreten kann, habe ich nur dir zu verdanken. Ich wäre versumpft, wenn du mich damals nicht aus meinem Loch geholt hättest."

Rolf schmunzelte. „Du hast eine Neigung zur Übertreibung, mein Lieber."

„Mag schon sein. Aber sicher nicht, was diesen Punkt anbelangt. Nachdem ich mir deine Message zu Herzen nahm, und auf meine innere Stimme hörte, ging es ohne Unterbrechung bergauf."

Rolf schwieg eine Weile, dann fragte er ihn: „ Hörst du denn immer noch auf sie?"

Er wusste, wenn der Freund etwas sagte, das ihm zu denken geben sollte. „Gibt es denn einen Grund daran zu zweifeln?"

„Darf ich ehrlich sein, Thorsten?"

Thorsten setzte sich auf. „Aber natürlich! Was wäre Freundschaft ohne Aufrichtigkeit?"

„Wenn ich deine Auftritte früher mit denen in letzter Zeit vergleiche, fällt mir ein wesentlicher Unterschied auf."

„Und worin besteht er?"

„Ich erinnere mich gut daran, was du früher von Pontiak hieltest. Entspricht dies immer noch deiner Meinung?"

Thorsten sah ihn eine Weile unverwandt an. „Ich verstehe ehrlich gesagt nicht, was du mir damit sagen willst, Rolf?"

„Wirklich nicht, Thorsten?"

Thorsten wandte den Blick von Rolf ab und sah aufs Meer hinaus. „Ganz ohne Showeffekte geht es nicht Rolf, wenn du das meinst. Das musste ich einsehen."

„Was brachte dich denn zu dieser Einsicht?"

Thorsten erhob sich, schritt bis zum Rand der Terrasse und lehnte sich Rolf zugewandt, mit dem Rücken an einen der Eckpfeiler. „Das bringt die Erfahrung mit sich. Wir leben in einer reizüberfluteten Zeit. Du erreichst die Leute nicht mehr, wenn du diesen Faktor nicht bedenkst. Vor ein paar Jahren war das noch anders. Aber heute..." Thorsten schüttelte den Kopf. „Wenn du nicht ein bisschen auf der Bühne herum hopst und hampelst, schlafen die Leute ein. Die Show ist sozusagen der Köder. Hängt der Fisch erst am

Haken, geht es um Inhalte. Und darin unterscheide ich mich immer noch von den Pontiaks in der Szene."

„Ich werde das Gefühl nicht los, dass das, was du da eben sagtest, nicht auf deinem Mist gewachsen ist, Thorsten." Er ging auf ihn zu und sah ihm lächelnd in die Augen. „Wenn ich dich so reden höre, muss ich unwillkürlich an Rubinstein denken. Warum wohl?"

„Und ich habe Kerstin im Ohr, wenn ich dich so sprechen höre. Ich weiß nicht, was ihr gegen Rubinstein habt? Ohne ihn könnte ich einpacken Rolf. Er ist ein Genie auf seinem Gebiet."

Rolf nickte ein paar Mal und schwieg.

„Dieser Mann ist nicht mit Gold aufzuwiegen!" fuhr Thorsten gestikulierend fort. „Rubinstein hat mir ein Vermögen verschafft, von dem ich vor ein paar Jahren nicht einmal zu träumen wagte. Ohne ihn könnte ich heute wahrscheinlich weder dieses herrliche Fleckchen Erde, noch unsere Villa in Wiesbaden mein eigen nennen. Und dabei hält er mich aus allem raus. Ich brauche nur meine Unterschrift unter die Verträge zu setzen. Er knüpft die Kontakte im In- und Ausland, er handelt die Preise aus, er organisiert die Veranstaltungen mehr als perfekt. Regelmäßig kommuniziert er mit unseren mittlerweile achtundzwanzig Lizenznehmern und überwacht deren Konzepttreue. Mittlerweile verwaltet er auch meine Finanzen, seine Spürnase für gewinnbringende Aktien und Beteiligungen an profitablen Projekten ist einfach grandios. Obwohl er ein Seiteneinsteiger ist, kennt er den Trainingsmarkt wie kein zweiter. Rolf, ich sage dir, er ist der Beste auf seinem Gebiet, das bestätigen selbst seine Neider." Thorsten erhob den Zeigefinger. „Und was ganz entscheidend ist Rolf, er verhält sich absolut loyal. Er hat mir noch nie den geringsten Anlass dazu gegeben, ihm zu misstrauen. Warum also, in Gottes Namen, sollte ich mich nicht an seine Vorschläge halten? Bisher hat es mir nicht geschadet!" Thorsten sah ihn erwartungsvoll an, doch Rolf schwieg beharrlich. „Das scheint dich alles nicht zu überzeugen!"

Rolf atmete tief durch. „Wenn ich ehrlich bin, nein."

Thorsten hielt kurz inne, zuckte dann mit den Achseln. „Ich habe wie gesagt keinen Anlass ihm zu misstrauen. Überhaupt keinen."

Kerstin, die dem Gespräch mit einem Ohr gefolgt war, kam aus der Küche und mischte sich ein. „Dafür scheint es tatsächlich keinen Grund zu geben. Dennoch misstrau ich ihm. Ich tat das übrigens von Anfang an."

„Ja, blas nur in sein Horn!" Thorsten seufzte.

„Wenn man sehr beschäftigt ist Thorsten", sagte Rolf, „das weiß ich aus eigener Erfahrung, braucht man manchmal einen Anstoß von außen, um aufmerksam nach innen zu hören. Was ich sagte, soll dich nicht beunruhigen, Thorsten, nur daran erinnern vielleicht, dass die besten Gedanken aus dem eigenen Inneren kommen."

„Rolf ich weiß deinen Rat wirklich zu schätzen. Ich sagte es schon, als ich damals ganz unten war, war es kein anderer als du, der mir wieder Antrieb verlieh. Was du mir sagtest, wurde sogar zum Schwerpunkt meiner Botschaft. Aber was das Management anbelangt Rolf, gibt es für mich keinen besseren als Rubinstein."

Kerstin wollte erneut zu einem Kommentar ansetzen, als sie Rolf lächelnd den Finger auf den Mund legen sah. Sein Blick schien ihr zu bedeuten, dass es sinnlos wäre, die Diskussion weiter zu führen. Sie zog die Augenbrauen hoch und hielt sich zurück.

Thorsten sah auf die Uhr. „Es wird Zeit für mich. Ich muss mich noch duschen und für die Abreise fertig machen."

Rolf lachte ihm zu. „Ich beneide dich nicht, diesen herrlichen Ort schon heute verlassen zu müssen."

Thorsten tätschelte freundschaftlich seine Wange. „Mein Freund, genieß die letzten zwei Tage im Paradies. Ich hätte ohnehin keine Ruhe mehr dazu. Mein Kopf ist schon längst in Dortmund."

40

Der Tau lag noch auf den Gräsern. Die Umrisse der Bäume und Sträucher des Hotelparks lagen im schummrigen Halbdunkel des herauf ziehenden Morgens. Thorsten hatte seine Dehnübungen nach dem allmorgendlichen Lauf beendet und setzte sich auf eine Parkbank. Er nahm das Handtuch und wischte sich den Schweiß vom Gesicht. Der populäre Motivationsguru befand sich in einer euphorischen Stimmung. Heute würde die größte Veranstaltung stattfinden, die es in dieser Art jemals in Europa gegeben hatte. Über dreißigtausend Menschen wurden erwartet. Unfassbar erschien ihm, dass er es tatsächlich geschafft hatte. Gerade er, ein Arbeiterkind. Ohne Ausbildung. Ohne höhere Schule. Unterdrückt von seinem Stiefvater. Fallen gelassen von seiner alkoholabhängigen Mutter. Geschunden und bedroht von dem skrupellosen Kolonnenführer Maruschke. Exkommuniziert auf dem Höhepunkt seiner Karriere als Wanderprediger. Erniedrigt und vom Thron gestoßen von Dr. Politzky auf dem Gipfel seiner erfolgreichen Laufbahn als Vertriebschef der Hessenstadt AG. Und jetzt? Keiner seiner Kollegen hatte es so weit wie er gebracht. Keiner konnte ihm das Wasser reichen. Keiner in der Branche war so populär. Er war der Anthony Robbins Europas geworden. Allein die Einnahmen am heutigen Tag würden ihm weitere drei Millionen Euro einspielen. Den Überblick über sein gesamtes Vermögen hatte er längst verloren. Es war ihm auch nicht mehr wichtig. Ein paar Millionen weniger oder mehr, was spielte das jetzt noch für eine Rolle? Er hatte alles, was er sich jemals erträumte hatte und noch weitaus mehr. Sein Buch *Superpower durch intuitives Handeln* hatte zwei Jahre nach seiner Publikation eine Auflage von über einer Million erreicht. Er konnte nirgends mehr hingehen, ohne erkannt zu werden und Autogramme geben zu müssen. Täglich erreichten ihn unzählige Dankesbriefe begeisterter Fans. War das nicht das wichtigste überhaupt? Er konnte den Menschen helfen, ihr Potential zu entdecken. Ihre Unsicherheit und ihr mangelndes Selbstbewusstsein zu überwinden. Ihre Wünsche und Ziele zu realisieren. Glücklich und erfolgreich zu werden, anstatt in Selbstzweifel und Resignation zu verharren. Und was er bisher erreicht hatte, war noch längst nicht das Ende. Nächstes Jahr würden noch mehr Menschen zusammen kommen. Rubinstein hielt eine Besucherzahl von fünfzigtausend durchaus für möglich und sogar für wahrscheinlich. Für das übernächste Jahr waren Auftritte in Paris, Rom, London, Stockholm und Madrid geplant. Und wenig später würde er sogar in den osteuropäischen Hauptstädten Budapest, Prag und Moskau auftreten. Weitere zwanzig interessierte Trainer hatten Lizenzen beantragt. In einem halben Jahr würde er sein nächstes Buch schreiben. Mein Gott! Wo sollte das alles noch enden? Irgendwann würde er vielleicht in den ärmsten Ländern der Welt zu den Menschen sprechen. Auch und gerade in ihren Köpfen musste sich etwas verändern, um die Armut zu überwinden. Was nützte Entwicklungshilfe, was brachten soziale Programme? Hatte es sich nicht immer wieder bewiesen, dass sie lediglich wie Tropfen auf einem heißen Stein waren? Selbst die höchst notwendigen Bildungsprogramme konnten nicht das Wissen um die geistigen Gesetze des Erfolges ersetzen. Er erinnerte sich an den Traum, den Gerd Breuer einst von ihm hatte. Die Lämmer auf dem unwegsamen Steilhang, die er rettete – waren das womöglich die Ärmsten der Armen und nicht, wie Pastor Breuer vermutete, die verirrten jungen Leute in der Welt? Doch wie dieser Traum auch immer interpretiert werden sollte – nicht nur die jungen Leute, nicht nur die Ärmsten der Armen – die ganze Welt sollte erfahren, dass Erfolg machbar ist. Thorsten war berauscht von den visionären Gedanken und Bildern, die ihm, während er saß, durch den Kopf schossen. Er schloss die Augen und begann tief ein und auszuatmen, um die Gedankenflut zu beenden und innerlich zur Ruhe zu kommen.

41

Den ganzen Tag über schien die Sonne. Und auch am Abend stand nicht zu befürchten, dass es regnen würde. Die Luft hatte die Hitze des Tages gespeichert und sich daher kaum abgekühlt. Die Befürchtungen einiger seiner Teammitglieder, schlechtes Wetter könnte die Veranstaltung im Freien zu einem Flop werden lassen, erwiesen sich daher als gegenstandslos. Der Wettergott war ihnen offenbar gnädig.

Über zwei Drittel der über fünfzigtausend zur Verfügung stehenden Plätze des Dortmunder Westfalenstadions waren besetzt. „Thors-ten, Thorst-en, Thors-ten, Thors-ten." Nahezu alle Besucher erhoben einmütig die Stimme. Ebenso viele Fäuste stießen bei jedem Ausruf begeistert ein Loch in die flirrende Luft. Alle Köpfe waren erwartungsvoll auf die Bühne gerichtet.

Punkt zwanzig Uhr setzte Musik ein. Aus den bombastischen Lautsprecherboxen des Stadions ertönten die Anfangsklänge des bekannten Songs Freddy Mercurys: *We are the champions my friend, and we'll keep on fighting till the end.* Wann immer der Refrain begann, sangen ihn die Fans mit.

Sprühende Feuerräder begannen sich auf der Bühne zu drehen. Dichter weißer Rauch quoll geheimnisvoll aus dem Boden, ließ das Podium im Nebel verschwinden. Der Song endete. Andächtige Stille für einen kurzen Moment. Sich ständig steigernder Trommelwirbel danach. Ein markerschütternder Paukenschlag schließlich. Wie ein Magier tauchte Thorsten Klüwer aus dem weißen Dunst auf und sprang auf die Bühne. Das Mikrophon in der Hand. „Hallo Leute! Hallo Fans!" rief er laut. Verbeugte sich tief. Frenetischer Jubel und Beifall brandete ihm entgegen. Pfiffe. Gejohle. Getrampel. Begeisterte Thorsten-Rufe, die schon kurze Zeit später in markerschütternden Technoklängen untergingen. Attraktive, blutjunge Tänzerinnen in engen, funkelnden Latexhöschen und dürftiger Oberbekleidung erschienen auf der Bühne, begannen ihre halbnackten, schlanken Körper rhythmisch im Technosound zu bewegen. Thorsten stand in ihrer Mitte, tanzte mit ihnen. Quecksilbrig. Wild. Ungehemmt. „Los geht's Leute! Macht mit!" rief er in die Menge. Der Schweiß rann ihm übers Gesicht. Der weiße Kragen seines Hemdes war in kurzer Zeit durchnässt, der dunkle Anzug klebte auf der Haut, die Krawatte beengte den Hals. Um genau acht Uhr fünfzehn zogen sich die Tänzerinnen unter Applaus und Zugabe-Rufen zurück. Thorsten trat an den Bühnenrand. Rief: „Beeindruckend! So viele Menschen! Phantastisch. Danke dass ihr alle gekommen seid!" Erneut Applaus. Thorsten-Rufe. Gepfeife. Gejohle. Mit einer die Begeisterung dämpfenden Geste beider Hände brachte er die Besucher zum Schweigen. „Meine lieben Fans, meine Freunde: Wenn ihr diese Veranstaltung verlasst, haltet ihr das entscheidende Werkzeug zum Erfolg in euren Händen. Und dann kommt es nur noch auf euch an. Ihr und nur ihr seid die Meister eures Schicksals. Ich kann euch nur helfen, dies zu erkennen. Die Kraft ist in euch. Ihr müsst sie nicht suchen. Ihr müsst sie nicht erst bekommen. Ihr müsst sie nur in euch entdecken. Es ist dieselbe Kraft, die das Universum erschuf und erhält. Ihr werdet euch fragen: Wie entdecke ich diese enorme Kraft? Wie kann ich sie nutzen? Wie kann ich mir durch sie meine Wünsche erfüllen? Meine Ziele erreichen? Glücklich und erfüllt leben? Es ist einfacher als ihr glaubt. Es ist simpler, als ihr es euch vorzustellen vermögt. Es ist wie mit der Elektrizität. Sie war schon da, bevor der Mensch wusste, wie man diese gewaltige Energie nutzen kann. Sie war schon da, bevor Allessandro Volta die erste brauchbare elektrische Stromquelle erfand. Sie war schon da, bevor Edison zum Erfinder der Glühbirne wurde. Doch heute müssen wir noch nicht mal ein Volta oder Edison sein, um Elektrizität nutzen zu können. Wir müssen nur den Kontakt zu ihr herstellen. Kontakt, liebe Freunde, *Kontakt* ist der Schlüssel. Doch wie stellt man diesen Kontakt her? Einfach indem man den Schalter umlegt. Nur eine winzige Bewegung und – Klick – die Energie fließt. Und solange sie in dir fließt, kannst du alles erreichen. Alles, wonach dein Herz begehrt. Du musst nur dafür sorgen, dass die Energie in dir fließen kann. Nun werdet ihr euch fragen: Was ist das für ein Schalter? Und wo befindet er sich? Fragt ihr euch das?"

„Jaaaaaa!" ertönte es aus Tausenden von Mündern.

„Nun, dann will ich euch das Geheimnis verraten. Der Schalter heißt..." Er machte eine rhetorische Pause und rief dann: *Handeln*. Ja, ihr habt richtig gehört. Das Erfolgsgesetz Nummer eins, es heißt Handeln! Ihr fragt vielleicht: Was genau soll ich tun? Das weiß ich nicht, liebe Freunde. Das kann euch niemand genau sagen. Aber ihr werdet es wissen, sobald ihr euch zum Handeln *entschließt*. Sobald euer Gehirn diesen Impuls erhält – von jetzt an werde ich handeln – wird euer Nervensystem mit seinen rund achtundzwanzig

Milliarden Neuronen nur noch ein Ziel kennen: Euch dabei zu helfen, dass ihr erreicht, was ihr erreichen wollt! Ihr müsst wissen: Jedes einzelne Neuron ist ein eigenständig arbeitender Computer, der rund eine Million Informationseinheiten verarbeiten kann. Die Neuronen kommunizieren mit anderen Nervenzellen über ein Netz von Nervenfasern, die eine Länge von ungefähr hundertsechzigtausend Kilometer aufweisen. Die Reaktion eines Neurons kann sich in weniger als zwanzig Millisekunden auf Hunderttausende von anderen Nervenzellen ausbreiten. Das ist ein Zehntel des Zeitraums, den ein Auge braucht, um zu blinzeln. Diese gewaltige Intelligenz habt ihr bisher kaum genutzt. Doch wenn ihr euch zum Handeln entschließt, legt ihr den Schalter um, der euch in Kontakt mit ihr bringt. In vollen Kontakt mit ihr bringt! Dann werdet ihr erkennen, was zu tun ist. Und selbst wenn es sich manchmal im Nachhinein als falsch herausstellen sollte: Das Richtige zu tun lernt ihr nur, wenn ihr weiterhin handelt. Lasst mich euch ein Beispiel erzählen. Nach einer meiner Veranstaltungen kam eine junge Frau zu mir, die unbedingt Sängerin werden wollte, obwohl sie so schauderhaft sang, wie ein einsamer Wolf, dessen Schnauze in einer Blechbüchse fest steckt, von der er sich heulend und jaulend zu befreien versucht." Das Publikum lachte, Thorsten wartete, bis es sich beruhigt hatte. Dann fuhr er fort: „Sie fragte mich, was ich von ihrer Stimme halte. Was hätte es genützt, wenn ich es ihr gesagt hätte? Diese Frau war so ungeheuer ambitioniert, es wäre sinnlos gewesen. Daher fragte ich sie: Hast du vor, ab heute zu handeln? Sie bejahte. Dann tu es, antwortete ich. Ein Jahr lang steckte sie viel

Zeit, Energie und Geld in ihr Projekt. Dann sah sie endlich selbst ein, dass sie kein Talent zum Singen hat. Sie rief mich an, fragte mich, was sie jetzt tun solle. Auf jeden Fall handeln, erwiderte ich. Aber *was* soll ich nur tun, fragte sie. Alles was ich bisher tat, das lief schief. Wenn du eine Handelnde bleibst, riet ich ihr, dann wirst du erkennen, was zu tun ist. Hundertprozentig. Und was soll ich euch sagen, es klingt wie ein Wunder, obwohl es keins ist, es ist ein Gesetz: Ein Jahr später bot sie eines ihrer selbst getexteten Lieder einer bekannten Sängerin an. Der Schlager wurde zum Hit und sie verdiente viel Geld. Als sie mich danach anrief, war sie überglücklich. Endlich habe sie ihre Bestimmung gefunden. Wie war das möglich? Weil sie nicht aufhörte zu handeln. Hätte sie nach dem Misserfolg resigniert, würde sie sich wahrscheinlich immer noch in irgendeinem schlecht belüfteten Büro zu Tode langweilen. Du wirst wahrscheinlich auch Fehler machen. In falsche Richtungen gehen. Rückschläge erleben. Aber schließlich wirst du das Leben führen, nach dem du dich tief im Inneren sehnst. Kürzlich besuchte mich ein Immobilienmakler. Er stand kurz vor dem Konkurs. Er hatte ein Millionenprojekt auf den Weg gebracht, da zog die Bank ihre Zusage für den Kredit zurück. Wenn es ihm nicht gelänge, den Vorstand der Bank zu überzeugen, wäre er pleite. Er würde alles verlieren. Der Mann war am Ende, als er zu mir kam. Jede Nacht wachte er schweißgebadet auf. In der einen Stunde, die er bei mir verbrachte, rauchte er eine halbe Schachtel Zigaretten. Die Angst hatte ihn voll im Griff. Als ich ihm sagte, er müsse ein Handelnder werden, sah er mich an, als wäre ich geisteskrank. Ich tue nichts anderes, erwiderte er, ich habe mein Leben lang nach dieser Devise gelebt. Und doch hat es mich nun kalt erwischt. Ich glaube, dass du ein Handelnder warst, sagte ich, aber jetzt, in der Krise, lebst du noch immer nach deiner Devise? Was genau tust du? Da bekannte er mir, dass er sich in den letzten Tagen meistens nur im Kreis drehe. Und was ist im Zentrum des Kreises, fragte ich ihn. Die Angst um meine Existenz, sagte er. Dann hast du dein Zentrum verlassen, entgegnete ich. Das Zentrum des Handelns. Wenn du zu ihm zurückkehrst, wirst du wieder ruhig werden und genau das tun, was deiner Situation angemessen ist. Als er zu Hause ankam, sammelte er Argumente und dachte über eine geeignete Gesprächsstrategie nach. Die Vorbereitung stärkte sein Selbstbewusstsein und machte ihn fit. Und was soll ich euch sagen; der Kredit, er wurde gewährt." Er erzählte noch einige Beispiele, die das Erfolgsprinzip intuitiven Handelns beweisen sollten, bevor er mit seiner eigenen Erfahrung aufwartete: „Freunde, ich rede nicht aus dem hohlen Bauch. Ich habe es auch an mir selber erfahren. Es gab eine Zeit, da war ich ganz unten. Am Boden zerstört. Arbeitslos geworden. Verlassen von meiner Frau. Ich hatte alle Hoffnung verloren. Ihr werdet's nicht glauben, aber schon nachmittags griff ich zur Flasche. Doch dann kam der Tag, an dem ich das Geheimnis des Handelns erkannte. Wie viele von euch hier wusste ich nicht, was genau ich tun sollte. Nur eins war mir klar geworden: Ich muss handeln. Und ich würde handeln von nun an. Ich würde nicht mehr resigniert herum sitzen und dumpf vor mich hin brüten. Ich würde nicht mehr mit meinem Schicksal hadern. Ich würde aufhören zu denken: Andere schaffen es, nur ich schaffe es nicht. Andere verwirklichen ihren Traum, nur mir will es nicht gelingen. Ich würde auch nicht mehr andere Menschen für mein Schicksal verantwortlich machen. Damals wusste ich noch nicht einmal, was genau ich eigentlich vom Leben erwartete. Ich hatte noch keine klare Vision. Die kam erst später. Sie kam, nachdem ich mir vornahm von jetzt an zu handeln und nie mehr aufzuhören damit." Er erhob seine Stimme. „Freunde, die Energie, sie ist da. Sie ist in euch, ebenso wie in mir. Aber sie kann nur dann in euch fließen, wenn ihr euch zum Handeln entschließt. Also was ist: Wollt ihr euch zum Handeln entschließen?" Er klang beinahe wie Joseph Goebbels, als er die Deutschen in seiner wohl bekanntesten Rede im Berliner Sportpalast fragte: Wollt ihr den totalen Krieg?

Das positive Feedback der Menge war ohrenbetäubend.

„Gut Freunde, dann gibt es von nun an nur eine Devise für euch. Und wie lautet sie?" Er legte die Hand hinters Ohr und reckte den Kopf weit nach vorn.

„Handeln!" kam es donnernd zurück.

„Ich hab's nicht verstanden. Wie lautet unsere Devise?"

Er wiederholte die Frage noch dreimal, wobei das Feedback mit jedem Mal noch lauter wurde. Wieder wurden Technoklänge hörbar. Erst leise, dann immer lauter. Erneut erschienen die Tänzerinnen auf der Bühne und brachten die Menge auf den Rängen mit heißen Rhythmen zum Kochen. Als sie abgingen, trat Thorsten unter donnerndem Applaus zum Bühnenrand. „Freunde!" rief er, „wir wollen euch jetzt die Möglichkeit geben, euren Entschluss zum Handeln hier vorn auf dem Podium öffentlich zu proklamieren. Dies wird euch helfen, an eurer Entscheidung festzuhalten, wenn euch im Alltag Zweifel bedrängen. Habt bitte Verständnis dafür, wenn wir nicht jedem von euch diese Chance einräumen können, sonst wären wir in einer Woche noch hier. Wir haben eine Stunde dafür vorgesehen. Keine Angst: Ihr braucht keine Rede zu halten. Kommt einfach nach vorn, sagt euren Namen ins Mikro und proklamiert es hier vor allen anderen: Von heute an werde ich handeln! Und mich nie mehr davon abbringen lassen!"

Der Ansturm war gewaltig. Die Helfer hatten alle Hände voll zu tun, um die willigen Bekenner der Reihe nach durch die Absperrung zu schleusen, die den Weg auf die Bühne freigab. Thorsten empfing sie, legte ihnen den Arm um die Schulter und hielt ihnen das Mikrophon vor den Mund. Die Verzagten ermutigte er, ihr Bekenntnis mehrmals mit lauter Stimme zu wiederholen. Allzu Mutige, die ihre Redezeit überschritten, schickte er freundlich aber bestimmt von der Bühne. Von einigen Rührseligen, die ihm um den Hals fielen und ihn nicht mehr loslassen wollten, mussten ihn die bereit stehenden Helfer befreien. Nach jeder Proklamation applaudierte das Publikum unter Pfiffen und lautem Gejohle. Aufgrund des Andrangs verlängerte er die geplante Zeit um eine halbe Stunde. Als Thorsten sich nach einer kurzen Abschlussrede verabschiedete, wollte der Applaus schier nicht enden.

Am Bühnenausgang kamen ihm seine Mitarbeiter entgegen. Umarmten ihn. Klopften ihm anerkennend auf die Schulter. „Thorsten, du warst einmalig heute! Das war die beste Rede, die wir jemals von dir hörten. Du bist der Größte!"

Kerstin umarmte und küsste ihn erst als der Ansturm vorbei war. „Phantastisch, mein Liebling. Du warst wirklich grandios. Die Leute waren völlig aus dem Häuschen."

„Danke mein Schatz." Seine Augen wanderten suchend umher. „Wo ist eigentlich Josef?" fragte er.

Sie zuckte die Achseln. „Keine Ahnung, ich habe ihn heute den ganzen Abend noch nicht gesehen."

Er wandte sich an seine Mitarbeiter. „Wisst ihr, wo Rubinstein ist?"

Wiederum Achselzucken. Gesichter wie Fragezeichen. Keiner hatte ihn gesehen.

„Das verstehe ich nicht. Er ist doch sonst immer der Erste, der nach der Show auf mich zukommt und mir gratuliert!"

„Vielleicht hat er seine Maschine aus London verpasst", meinte einer.

„Dann hätte er angerufen", sagte Thorsten.

„Wahrscheinlich ist er schon im Hotel und trifft noch Vorbereitungen für unsere Party. Wird dich wohl mit irgendwas Besonderem überraschen wollen", erklärte Kerstin.

Er zwinkerte ihr zu. „Weißt du etwa schon Bescheid?" Er wandte sich an die Mitarbeiter. „Oder ihr?"

„Nein wissen wir nicht, aber du kennst ihn doch. Josef ist immer für eine Überraschung gut."

„Ich glaub euch kein Wort!"

Autogrammjäger hatten sich durch die Absperrung gemogelt und baten mit verklärten Augen, ihnen seinen Namenszug auf T-Shirts, Jeans oder mitgebrachte Karten zu schreiben. Thorsten hatte alle Hände voll zu tun.

42

Bis in die frühen Morgenstunden hatten sie ausgelassen getanzt und gefeiert. Der Champagner war in Strömen geflossen. Viele seiner Mitarbeiter waren am Morgen mit schwerem Kopf und zerknittertem Gesicht im extra für sein Team reservierten Frühstücksraum des Hotels erschienen. Als ihn Thorsten und Kerstin gegen elf Uhr betraten und sich an den Tisch setzten, wurde es plötzlich mucksmäuschenstill.

Thorsten grinste amüsiert. „So sehen also die Mitarbeiter des erfolgreichsten Motivationstrainers Europas aus. Soll ich euch was sagen? Ich bin froh, dass heute Morgen kein Reporter da ist und Fotos von euch schießt. Mit euren Trauermienen in den Zeitungen wäre mein Image im Eimer!"

Er hatte Gelächter erwartet, aber es blieb totenstill. Betretene Gesichter ringsum. „Du hast sicher noch nicht die Tageszeitung gelesen", sagte einer von ihnen.

Thorsten stutzte. „Sagt bloß, die haben unsere Top Veranstaltung von gestern Abend verrissen?"

„Das wäre ein Klacks angesichts dieses Berichts." Der Mitarbeiter reichte ihm mit todernster Miene die Bildzeitung.

Thorsten nahm sie an sich. Die fette Schlagzeile auf der Titelseite sprang ihm sofort in die Augen:

Promoter des Motivationsgrus NR. 1 in Europa erschossen in seiner Suite im Savoy Hotel in London aufgefunden

---

Thorsten wich das Blut aus den Wangen. Kerstin erstarrte. Leichenblass lasen sie den Leitartikel:

*Während Thorsten Klüwer mit seinem Team im Dort-
munder Renaissance Hotel feuchtfröhlich seinen bisher
größten Erfolg feierte, wählte sein engster Mitarbeiter und
Promoter den Freitod. Wie wir von zwei Journalisten der
Wirtschaftspresse erfuhren, hatten sie Josef Rubinstein, kurz
vor seinem bereits gebuchten Flug nach Dortmund, am frühen Nachmittag im Hotel Savoy in London aufgesucht, um
ein Interview mit ihm zu führen. Sie waren zuvor in den Be-
sitz von Informationen gelangt, das Vermögen der Thorsten
Klüwer GmbH wäre durch außerordentlich verlustreiche
Warentermingeschäfte und Kredite in Millionenhöhe fak-
tisch Konkurs. Die Überschuldung des Unternehmens wäre
bereits so hoch, dass zu befürchten sei, die GmbH habe sich
der Konkursverschleppung schuldig gemacht. Nach Auskunft
der Journalisten habe Rubinstein auf die Konfrontation mit
diesen Informationen außerordentlich gelassen reagiert und
so getan, als handle es ich um ein Gerücht, das Neider in die
Welt gesetzt hätten, um das Image des bekannten Motivati-
onsgurus Thorsten Klüwer zu beschädigen. Acht Stunden
nach dem Interview hörten Hotelgäste einen Schuss. Die
Londoner Polizei war bereits zehn Minuten später zur Stelle
und fand Rubinstein in seiner Suite tot am Boden liegend mit
einer Pistole Kaliber 8,0 in der Hand vor. Ein Polizeispre-
cher sagte, der Tod durch einen Schuss in den Mund sei
unverzüglich eingetreten. Der Selbstmord wirft eine Reihe
von Fragen auf. Wie korrupt muss man eigentlich sein, um*

dreißigtausend Menschen mit vollmundigen Worten zum Erfolg zu motivieren, während das eigene Unternehmen bereits pleite ist? Wie ist es zu erklären, dass der Topmanager Rubinstein seinen Boss deckte, obwohl die Faktenlage eindeutig war? Hatte ihn Klüwer zum Schweigen verpflichtet? Sah der erfolgreiche Manager nach dem Gespräch mit den Journalisten für sich selbst keinen anderen Ausweg mehr aus der Misere? Hat Klüwer seinen engsten Vertrauten zum Selbstmord getrieben? Der Pleitier wird sich diesen Fragen jetzt stellen müssen. Als sicher gilt jetzt schon, dass die steile Karriere des als besonders seriös geltenden Motivators zu Ende ist.

Thorsten hatte den Artikel wie in Trance gelesen. Der niederschmetternde Inhalt überstieg sein Fassungsvermögen. Wie schon ein paarmal in seinem Leben, glaubte er wieder zu träumen. Ein Alpdruck, der sich auflösen würde, sobald er nur die Augen aufschlug. „Mach die Augen auf, Thorsten, und der Spuk ist vorbei!" Erst als Kerstin ihren Kopf auf seine Brust fallen ließ und hemmungslos schluchzte, wurde ihm bewusst, dass die Realität grauenerregender war als jeder Alptraum, der ihn bisher schweißüberströmt aufwachen ließ.

Zwei seiner Mitarbeiterinnen sprangen auf und versuchten, Kerstin zu trösten. „Es wird sich alles aufklären, Kerstin, du kennst doch die Presse; noch ist überhaupt nichts bewiesen. Josef hat Selbstmord begangen, ja, das ist furchtbar, sicher – aber Thorsten hat daran bestimmt keine Schuld. Und das mit dem Konkurs kann nur ein Gerücht sein."

Sie war nicht zu beruhigen. Thorsten streichelte ihr mit regungsloser Miene übers Haar, keiner weiteren Bewegung und auch keines tröstenden Wortes fähig. Innerhalb weniger Sekunden lief ein Film in seinem Kopf ab, der Szene für Szene den Wahrheitsgehalt der Informationen über seinen Konkurs zu bestätigen schien. Deshalb hatte sich die Überweisung seines Geschäftsführergehalts in letzter Zeit oftmals um einige Tage verzögert. Deshalb hatte er in den letzten Wochen des Öfteren offene Rechnungen und Mahnungen auf dem Schreibtisch Rubinsteins entdeckt, für welche er keine Erklärung hatte oder für die er die Nachlässigkeit seiner Sekretärin verantwortlich machte. Das war der Grund, weshalb er ihn, mit der Begründung, ihn aus allem Kleinkram heraus halten zu wollen, seit einigen Monaten nicht mehr über die finanziellen Transaktionen der Firma informierte. Rubinstein hatte ihn hinters Licht und die Firma in den Konkurs geführt. Und anstatt sich zu stellen, anstatt seine alleinige Schuld einzugestehen, hatte er sich feige aus dem Leben gestohlen. Entweder oder – alles oder nichts. Ja, so war Rubinstein gewesen. Genauso! Alles was er suchte, war Ruhm und Geld. Erst jetzt fiel es Thorsten wie Schuppen von den Augen: Rubinstein hatte ihn nur benutzt. Seine Botschaft, sein Auftrag, seine Mission waren ihm nie wichtig gewesen. Oh mein Gott! Und er hatte es nicht erkannt. Hatte alle Warnungen in den Wind geschlagen. Kerstins. Rolfs. Und auch die manch anderer im Team, die Rubinstein misstrauten.

Plötzlich schien sein Herz zu einem Klumpen Eis zu gefrieren. Doch diese Eiseskälte in seinem Inneren machte ihn seltsam ruhig. Er fühlte sich wie im Schneesturm. Verirrt, erstarrt und viel zu erschöpft, um sich gegen das nahende Ende zu wehren. Er nahm Kerstins Kopf in die Hände, sah ihr in die verweinten Augen und küsste sie sanft auf die Lippen. Dann erhob er sich langsam. „Freunde, ihr habt sicher Verständnis." Mit ausdrucksloser Miene sah er in die Runde. „Angesichts dieses tragischen Vorfalls fehlen mir die Worte." Er legte Kerstin den Arm um die Schulter und verließ mit ihr schleppenden Schrittes den Frühstücksraum.

43

Der Bankrott seiner Firma war weitaus katastrophaler, als er angenommen hatte. Nicht nur, dass ihnen von heute auf morgen nichts mehr gehörte. Die Villa, sein Ferrari, ihr Porsche, die Yacht in Marbella, alles kam unter den Hammer. Selbst sein Anwesen auf den Seychellen gehörte ihm nicht mehr. Rubinstein hatte ihn vor einigen Wochen gebeten, seine Unterschrift unter einen Kreditvertrag zu setzen, um eine ertragreiche Immobilie kaufen zu können. Die Bank würde eine Sicherheit benötigen, er habe an das Grundstück auf den Seychellen gedacht, dies sei jedoch nur eine Formalie, in wenigen Wochen wären sie wieder flüssig. Thorsten hatte ihm wie immer vertraut und blind unterschrieben. Nun konnte der Kredit nicht mehr zurück bezahlt werden und sein geliebtes Paradies auf der grünen Insel gehörte der Bank. Thorsten hatte es niemals für nötig befunden, für den Fall eines Konkurses Vorkehrungen zu treffen. Alle Güter lauteten auf seinen Namen und fielen daher zur Tilgung eines Teils der enormen Schuldenlast an die Gläubiger. Er hatte weder ein Nummernkonto in der Schweiz angelegt, noch andere Werte an verborgenen Orten gehortet. Trotz der vollständigen Pfändung seiner Besitztümer waren seine Bankschulden noch immer so hoch, dass er gezwungen war, den Offenbarungseid zu leisten. Binnen einer Woche wurde der Multimillionär zum Sozialempfänger. Doch wie existentiell bedrohlich und deprimierend die materiellen Verluste auch waren, viel schlimmer noch trafen ihn die Vorwürfe der Öffentlichkeit. Niemand glaubte ihm, als er auf der Pres-

sekonferenz am Tag nach dem Selbstmord Rubinsteins erklärte, dass er nichts von den Warentermingeschäften seines
Managers gewusst habe und ihm bezüglich der Millionenk-
redite vollständig vertraute. Rubinstein habe die meisten der
finanziellen Transaktionen ohne sein Wissen getätigt und
das gesamte Vermögen der GmbH verwaltet. Er habe ihm
Prokura gegeben, weil es für ihn keinen Grund gab, ihm zu
misstrauen oder an seiner Kompetenz in finanziellen Ange-
legenheiten zu zweifeln.

Presse und Medien stürzten sich auf den vom Schicksal
Geschundenen wie die Aasgeier, krallten sich an dem Opfer
fest, hackten auf ihm herum und zerrten ihm das Fleisch von
den Rippen. Es sei schon schlimm genug, dass Klüwer seine
Fans betrogen habe, doch der Gipfel an Skrupellosigkeit
wäre, dass er sich nun aus der Verantwortung stehle und
einem wehrlosen Toten die ganze Schuld an dem Konkurs
zuschiebe. Für wie dumm und naiv müsse Klüwer eigentlich
die Öffentlichkeit halten, wenn er sich einbilde, dass sie ihm
glauben werde, wenn er nun den Ahnungslosen spiele? Ein
Mann mit seinem Geschäftssinn hätte sich sicherlich nicht in
so infamer, dreister Weise hinters Licht führen lassen, wie er
dies von Rubinstein behaupte. Natürlich könne man es nach
dem tragischen Selbstmord des Managers nicht mehr beweisen, aber es spreche doch vieles dafür, dass er nur das aus-
führende Organ des ehrgeizigen Karrieristen Klüwer gewesen sei.

Nur ganz wenige seiner zahllosen Fans hielten ihm die
Treue und glaubten seinen Aussagen. Die meisten jedoch
schrieben ihm böse Briefe und beschimpften ihn darin auf

übelste Weise. Selbst auf der Straße wurde er angepöbelt; als Betrüger, Rattenfänger, Gauner, Verbrecher bezeichnet. Eine Dame, deren Aussehen keineswegs Anlass zu der Annahme bot, sie sei asozial, spuckte ihm sogar ins Gesicht.

Nachdem klar war, dass Thorsten und Kerstin ihr Zuhause verlieren würden, bot ihnen Rolf an, im Dachgeschoß ihres Hauses zu wohnen. Zusammen mit den wenigen Habseligkeiten, die ihnen geblieben waren, holte er die mittellos gewordenen Freunde mit einem gemieteten Kleinlastwagen ab. Die beiden Helfer brauchten nicht lange, um ihn zu beladen. Der Fahrer saß bereits am Steuer, als Kerstin und Thorsten Seite an Seite vor dem schmiedeeisernen Tor standen und einen letzten, wehmütigen Blick auf den weitläufigen, gepflegten Garten, die herrlichen, alten Bäume, den Pool und die prachtvolle Villa warfen. Ihr Kopf lag auf seiner Schulter, ihre Augen schwammen in Tränen, mit beiden Armen hielt sie ihn fest umschlungen. Thorsten weinte nicht, doch sein blasses Gesicht war wie versteinert. Rolf stand hinter ihnen und umarmte sie, ohne etwas zu sagen. Er fand keine Worte, um seine Freunde zu trösten.

SIEBTER TEIL

44

Verwunderlich war, dass er in kein tiefes Loch fiel. Der hohe materielle Verlust, er deprimierte ihn sehr, die unwahren Gerüchte über seine Person, sie gingen ihm weiß Gott an die Nieren, aber weder das eine, noch das andere brachte ihn zur Verzweiflung. Thorsten schien keinen Moment in Gefahr, sich fallen zu lassen. Er hatte sogar die Kraft, Kerstin zu trösten und gelassen zu bleiben, wenn sie ihn an ihre Warnungen bezüglich Rubinstein erinnerte und ihm vorhielt, weder auf sie noch auf seinen Freund Rolf gehört zu haben. Diese ungewöhnliche Kontenance, sie war einfach vorhanden, wie sein Arm oder Bein. Er musste sich ebenso wenig um sie bemühen, wie um seinen Herzschlag oder den Atem. Manchmal, wenn er allein war und über seinen vierfachen Aufstieg und Abstieg in den letzten zwanzig Jahren nachdachte, brach er in lautes Lachen aus. Die Achterbahn seines Lebens schien ihm in solchen Momenten wie ein schlechter Witz oder ein Märchen. Er hatte keine Erklärung, weshalb er dem heftigen Schicksalsorkan wie einem fest im Boden verwurzelten Baum standhalten konnte. Seine Gefühle gerieten zwar immer wieder ins Schwingen wie Äste, in die ein Windstoß fuhr. Seine Gedanken flirrten und tanzten manchmal wie Laub, das der Sturm erfasste. Sein Wille jedoch, er blieb wie der Stamm unbewegt, und trotzte unbeugsam den Turbulenzen.

Rolf bot ihm an, nun endlich, wo er doch Zeit dazu habe, den lang geplanten und immer wieder verschobenen Tai Chi Kurs bei ihm zu machen. Thorsten nahm das Angebot dankbar an und machte die Übungen gern, wusste jedoch schon nach den ersten Lektionen, dass sie der Unerschütterlichkeit tief in seinem Inneren kein Jota hinzufügen würden. Auch als Rolf ihn nach Japan mitnahm, um im Kloster seines ZEN-Meisters in Okayama an der sich alljährlich wiederholenden vierzehntägigen Session teilzunehmen, machte er dieselbe Erfahrung. Zwar erfüllte sich seine Ahnung, dem ZEN-Meister noch einmal zu begegnen und eine entscheidende Erkenntnis durch ihn zu gewinnen. Er genoss auch die innere Einkehr während der Meditation, doch ebenso wie beim Tai Chi hatte er nicht das Gefühl, im Inneren etwas erringen zu können, was er nicht schon besaß.

Nach allen vorherigen Karrierebrüchen hatte er entweder neue Hoffnung geschöpft oder resigniert. Nun aber befand er sich in einer Art luftleerem, nach allen Seiten hin offenen Raum. Er konnte weder stürzen noch steigen. Es schien weder ein Vorwärts noch ein Rückwärts zu geben. Was immer er tagsüber tat, das Joggen am frühen Morgen, die Haus- und Gartenarbeiten, die gemeinsamen Mahlzeiten und Gespräche mit seinen Vertrauten, die Beantwortung von wütenden Leserbriefen, die wenigen Interviews mit Reportern, deren Interesse an seiner Person mehr und mehr erlahmte, ja selbst das Lesen von Büchern, das immer seine große Leidenschaft gewesen war, all das ließ ihn seltsam unberührt bleiben.

Kerstin hatte das Empfinden, als lebte Thorsten in einer Festung, friedlich und sicher im Inneren, jedoch ganz und gar abgeschottet nach außen. Er war freundlich und liebenswürdig, verständnisvoll und geduldig, doch sie kam nicht mehr an ihn heran. Der Zugriff auf seine Gefühle blieb ihr gänzlich verwehrt. Selbst wenn sie vor dem Einschlafen zu ihm hinüber ins Bett kroch, schien er von einer unsichtbaren Mauer umgeben, die sie auch dann nicht zu durchbrechen vermochte, wenn sie sich liebten. Kerstin litt unsagbar unter der Gefühlskälte, die von ihm ausging, doch als sie ihn daraufhin ansprach, bekannte er ihr, an seinen Gefühlen für sie habe sich nichts geändert. „Aber ich spüre sie nicht mehr", erklärte sie, „du musst endlich den eisernen Panzer durchbrechen, der dich umgibt!"

„Du hast völlig recht, ich weiß nur nicht wie." Es war schon spät. Sie lagen im Bett, er verschränkte die Arme unter dem Kopf und sah zur abgeschrägten Decke empor.

Sie richtete sich auf, stützte ihren Kopf auf der Hand ab, suchte seinen Blick. „Erinnerst du dich noch, was du den Menschen sagtest, um ihre Probleme zu überwinden?"

„Sicher."

„Und was gedenkst du nun zu tun?"

„Ich habe das Prinzip des Handelns nicht aus den Augen verloren, mein Schatz."

„Tatsächlich?" Sie ließ sich auf den Rücken fallen und seufzte. „Mir scheint, du erwartest wieder ein Wunder."

Er ergriff ihre Hand und drückte sie fest. „Du musst mir jetzt vertrauen, mein Liebling. Im Moment handle ich, indem ich nicht handle. So wie es mir der Roshi im Kloster empfahl."

„Das ist mir zu philosophisch. Kannst du mir erklären, was du damit meinst?"

„Entscheidend ist die innere Haltung, nicht das äußere Tun. Handeln bedeutet nicht unbedingt, etwas zu tun, was man sieht."

„Ich begreife immer noch nicht, was du meinst."

Nachdenklich schwieg er eine Weile. Dann erinnerte er sich an das Beispiel, mit dem ihm der erfahrene ZEN-Meister dieses Prinzip erläutert hatte: „Ist ein Angler inaktiv, nur weil er am Ufer sitzt und gespannt darauf wartet, dass ein Fisch anbeißt?"

„Du hast schon einmal gewartet und nichts ist geschehen, bis du den Entschluss zum Handeln fasstest. Erst danach ging es wieder aufwärts."

„Damals saß ich nur am Ufer, hielt jedoch keine Angelrute ins Wasser. Ich bildete mir wohl ein, die Fische würden irgendwann selbst an Land springen."

„Angenommen, du sitzt an einem Gewässer, das keine oder nur ganz wenige Fische enthält? Dann wirst du bis zum Sankt Nimmerleinstag am Ufer sitzen und warten."

„Ein Angler, der einen Fisch fangen will, und nicht nur da sitzt, um sich die Zeit zu vertreiben, wird das Gewässer wechseln, wenn er erfolglos bleibt. Meinst du nicht?"

„Ich kann nur hoffen, dass er das tut." Sie legte seufzend ihren Kopf auf seine Brust. „Wir haben jetzt nur noch unsere Liebe, mein Schatz. Wir sollten alles tun, um sie nicht auch noch zu verlieren."

Er strich ihr zärtlich über die Wange. „Kerstin, meine Mutter war eine einfache Frau und was sie mir ein paar Wo-

chen bevor sie starb, sagte, war alles andere als hoch philosophisch, doch ihre Worte haben sich bisher immer betätigt.
Sie sagte: Thorsten, du hast bisher schon so viele schwierige
Situationen gemeistert. Du wirst auch in dieser bestehen. So
viel ist sicher."

45

Drei Monate nach der Pleite erhielt Thorsten am Morgen einen überraschenden Anruf von Peter Pontiak. Er habe am Abend in Frankfurt einen Vortrag zu halten und würde den Nachmittag gerne nutzen, um ihn zu besuchen. Thorsten hatte nichts dagegen, obgleich er sich misstrauisch fragte, welche Absicht der Motivationsclown mit dem Besuch verfolgte. Thorsten hatte früher bei zahlreichen Interviews nie mit seiner Einstellung zu seinem affektierten Getue und seiner Schauspielerei hinter dem Berg gehalten und Pontiak kannte daher seine Einstellung ihm gegenüber. Sie waren sich bisher immer aus dem Wege gegangen und hatten sich noch nie persönlich kennengelernt.

Pontiak fuhr im Ferrari vor. In Bluejeans von Armani und offenem Designerhemd, braun gebrannt und mit einem strahlenden Lächeln begrüßte er Thorsten. „Schön, dass ich Sie endlich einmal persönlich kennenlerne."

„Was verschafft mir die Ehre Ihres Besuchs?" Thorsten bot dem Gast kühl und reserviert einen Platz in der beengten Dachwohnung an.

Pontiak kam seiner Aufforderung nach und schlug die Beine übereinander: „Thorsten..." Er blickte ihn fragend an. „Ich darf doch als Kollege Thorsten sagen?"

„Aber sicher doch."

„Fein. Ich bin Peter." Er beugte sich zu ihm vor, reichte ihm die Hand und drückte sie fest. „Ich glaube Ihnen", sagte er dann, ohne seine Hand loszulassen, „das ist das erste, was ich Ihnen sagen möchte."

„Sie glauben was?" fragte Thorsten, wobei er ihm die Hand rasch entzog.

„Ich glaube, dass Sie von all dem, was Rubinstein anrichtete, nichts, aber auch gar nichts wussten. Ich habe keinen Augenblick an Ihrer Version der Geschehnisse gezweifelt."

Thorsten hatte nicht das Gefühl, dass der Mann ihm etwas vormachte, blieb aber misstrauisch. „Das freut mich", erklärte er knapp.

„Ich habe mich seit Ihrem Konkurs oft gefragt, wie ich mit einer Situation wie der ihren umgehen würde."

„Und? Zu welchem Ergebnis sind Sie gelangt?"

Er zuckte die Achseln. „Zu keinem ehrlich gesagt. Ich weiß nicht, wie ich reagieren würde. Es übersteigt meine Vorstellungskraft."

„Sie sind doch ein Meister der Imagination", erwiderte Thorsten, „da müsste es doch ein Klacks für Sie sein, sich in eine Situation, wie ich Sie gerade erlebe, hinein versetzen zu können."

Pontiak lachte über das ganze Gesicht. Der Spott im Tonfall Thorstens war ihm nicht entgangen, berührte ihn jedoch nicht im Geringsten. „Ich kenne ja Ihre Meinung über mich", sagte er, „und Sie haben ja auch nicht ganz unrecht mit ihr, aber glauben Sie mir, der Clown, den Sie in mir sehen, ist nur eine Rolle. Und ich spiele sie für die Menschen."

„Das müssen Sie mir erklären."

Pontiaks Gesicht nahm ernste Züge an. „Thorsten, der Erwachsene in uns belächelt den Clown. Das Kind in uns aber, es liebt ihn über die Maßen. Ich spreche nicht den Erwachsenen in den Menschen an, denn er ist viel zu rational, viel zu skeptisch, viel zu klug und gebildet, um die einfachen, simplen Regeln des Erfolgs anzunehmen. Der Erwachsene in uns muss alles verstehen, er will alles begreifen, für ihn muss alles logisch und einleuchtend sein. Warum sind die wenigsten Menschen erfolgreich? Ich behaupte: sie sind zu erwachsen. Erfolgreich sind immer nur die, die auf irgendeine Weise ihr inneres Kind entdeckt haben. Die genialen Erfinder, die bekannten Schriftsteller, die begnadeten Künstler, die berühmten Wissenschaftler, die Stars unter dem Heer durchschnittlicher Schauspieler, ja selbst die wirklich erfolgreichen Manager und Unternehmer in der freien Wirtschaft – was ist das Geheimnis ihres Erfolgs? Wirklich nur ihre außergewöhnliche Begabung? Ihr bemerkenswertes Talent? Ihr enormer Fleiß? Ihr unermüdliches Schaffen? Unendlich viele Menschen sind nicht minder begabt oder emsig, und doch bleiben sie Teil der amorphen Masse bis an ihr Lebensende. Warum? Gibt es tatsächlich so etwas wie einen Glücksstern? Sind alle anderen dazu verdammt, auf der Schattenseite des Lebens dahin zu vegetieren? Oh nein. Niemals. Ich glaube nicht an Fügung oder Vorsehung. Doch wer wird zum Meister seines Schicksals? Es sind jene, die anstatt nach Erfolg und Reichtum zu gieren, selbstvergessen und leidenschaftlich, ja, man könnte auch sagen besessen, mit ihrem Talent zu spielen beginnen. Ja Thorsten, Sie haben richtig gehört: Zu spielen beginnen! Nach außen mag es den Uneingeweihten wie harte Arbeit erscheinen, doch für sie, die Kinder, ist es nur ein Spiel. Sehen Sie nur einmal einem Kind dabei zu, wenn es mit Bauklötzen spielt. Es ist völlig geistesabwesend. Für ihn existiert nur die winzig kleine Welt der bunten Bauklötze. Es baut, es zerstört, erbaut neu, es spricht mit sich selbst, als hätte es zwei, drei weitere Mitarbeiter, stundenlang, und es wird nicht müde dabei. Kein Stress, kein Schweiß, keine Anstrengung. Und mit jedem Tag beherrschen sie ihre Kunst besser, aber nicht weil es ihrer Absicht entspricht. Nicht weil sie um jeden Preis erfolgreich sein wollen. Die Ursache ihres wachsenden Erfolgs ist die Faszination, ist die Euphorie, mit der sie das Bauklotzspiel betreiben. Fasziniert sein kann nur das Kind in uns, Thorsten. Und deshalb wende ich mich an dieses Kind. In der Rolle des Clowns gelingt mir das am allerbesten. Der Erwachsene belächelt ihn spöttisch, doch der Clown vermag das Kind in uns zu erwecken. Der Erwachsene misstraut ihm, doch das Kind, es vertraut ihm. Und wenn wir das Kind in uns wieder entdecken, wird es zu spielen beginnen. Zeigen Sie mir ein Kind, das nicht gerne spielt! Und welches Spiel wird es spielen? Ein Langweiliges? Ein Uninteressantes? Eines, das nicht seiner Neigung entspricht? Niemals! Kinder spielen nur Spiele, die sie zu bezaubern vermögen. Und wenn das geschieht, wenn es tut, was es entzückt, ja berauscht, entwickelt es automatisch sein schlummerndes Talent, seine verborgenen Gaben. Und ist es nicht genau das, was früher oder später zum Erfolg führt?"

Mit jedem Satz, den Pontiak gesprochen hatte, war Thorsten einmal mehr bewusst geworden, wie falsch er ihn eingeschätzt hatte. Also war sein Eindruck, der sich ihm damals, gleich nach der Veranstaltung im Hilton, aufgedrängt hatte, doch richtig gewesen. Vor ihm saß kein närrischer Clown, sondern ein denkender Mensch, ein Mann, der offenbar genau wusste, was er tat, wenn er sich auf der Bühne wie ein Spaßvogel gebärdete. Thorsten war zwar nicht seiner Meinung. Begeisterung und Enthusiasmus waren fraglos ein wichtiger Faktor für den Erfolg, vermochten jedoch harte Arbeit und das Prinzip des Handelns nicht zu ersetzen. Doch was er über sein inneres Kind gesagt hatte und dass es in ihm verdrängt und eingesperrt war, berührte ihn tief. „Sie beschämen mich", sagte er, „ich muss mich bei Ihnen entschuldigen."

„Unsinn!" Pontiak winkte ab. „Ich kann nicht erwarten, dass man meine Maske durchschaut. Schließlich habe ich sie mir ja selbst aufgesetzt. Wenn ich erreicht habe, dass Sie die Botschaft des Clowns verstehen, dann entschädigt mich das für Ihr Misstrauen." Er legte eine Hand auf sein Knie. „Thorsten, ich beschwöre Sie: Entdecken Sie wieder ihr inneres Kind. Jahrelang durfte es tun, was ihm Spaß gemacht hat, was es ergötzte. Als ich kürzlich Ihr versteinertes Gesicht in einer Zeitung sah, dachte ich unwillkürlich: Rubinstein hat das Kind in Ihnen aufs Schlimmste verletzt, das ist wahr, doch Thorsten Klüwer hat es aus Angst vor weiteren Verletzungen in den Keller verbannt und die Tür abgesperrt. Konnte es jemals weinen seitdem? Haben Sie ihm jemals erlaubt, seinem Schmerz Ausdruck zu verleihen?"

Thorsten schüttelte den Kopf und verschränkte demonstrativ die Arme vor der Brust.

„Keine Bange Thorsten, ich bin kein Therapeut und habe weder die Absicht noch das Talent, Ihnen als Seelendoktor zu dienen und Taschentücher zu reichen, die Sie nass weinen können. Thorsten, Sie sind besser als ich, das habe ich immer gewusst und ich beneide Sie um Ihr Talent. Aber ich bin eben ein Clown und ein Clown, der werde ich bleiben. Doch Clowns haben ein Herz für Kinder und wissen, wann es Hilfe braucht. Deshalb kam ich zu Ihnen."

„Ich danke Ihnen", brachte Thorsten mit angekratzter Stimme hervor und räusperte sich, „ich bedauere es sehr, dass wir uns nicht schon früher kennenlernten."

Als Pontiak ihn gegen Abend verließ, waren sie per Du. Beim Abschied hatte er Thorsten umarmt und ihm angeboten, sich an ihn zu wenden, wann immer er das Bedürfnis verspüre oder Hilfe benötige.

„Was wollte er denn?" fragte Kerstin, nachdem er mit aufheulendem Motor in seinem gelben Ferrari davon gebraust war. „Er hat mir ein anderes Gewässer zum Fischen empfohlen", erwiderte Thorsten und blinzelte ihr dabei zu.

46

Nach strahlender Sonne am Nachmittag hatte sich der Himmel über Prag gegen Abend bewölkt. Dennoch war es angenehm warm. Nach einem Bummel durch die verwinkelten Straßen der malerischen Altstadt hatten sie sich in einem der Straßencafés am berühmten Wenzelsplatz niedergelassen. Gegenüber von ihnen erhob sich mächtig, düster und imposant das schon im Jahr 1338 erbaute Altstädter Rathaus. Ringsum die prachtvollen Fassaden der historischen Häuser, deren Erbauung bis ins elfte Jahrhundert zurück reicht. Gotik, Barock, Jugendstil, Renaissance; es gab keinen Baustil der Baukunst Prags, der hier nicht seine Spuren hinterlassen hätte. Obwohl es noch von Touristen wimmelte, lag eine seltsam gedämpfte Stimmung über dem Platz. Stimmen, Gelächter, Rufe, Geschrei, keines dieser Geräusche vermochte die friedliche Atmosphäre zu stören. Es war, als verschluckten die alten, geschichtsträchtigen Mauern die Betriebsamkeit des modernen Massentourismus.

Der viertägige Aufenthalt in der goldenen Stadt der Künste war Thorstens Geburtstagsgeschenk für Kerstin. Schon vor Jahren hatte sie sich die Reise gewünscht. Einmal die Stadt besuchen, in der ihr Lieblingskomponist Mozart durch die Weltpremiere ihrer Lieblingsoper Don Giovanni berühmt geworden war.

Sie hatten kein Geld, um sich wie früher, in einem der besten Hotels wie beispielsweise dem Intercontinental oder dem Hilton einzuquartieren. Es reichte nur für eine privat vermietete Zweizimmerwohnung, die sie pro Nacht lediglich zwanzig Euro kostete, jedoch oberhalb des Nationalmuseums am Hang lag und vom Balkon aus einen wunderschönen Blick auf die Stadt und sogar auf einen Teil der prunkvollen Prager Burg zuließ.

Thorsten befand sich noch immer in diesem seltsamen Zustand der Isolation. Nach dem Besuchs Pontiaks hatte er mehrmals versucht, ihn zu durchbrechen und Kontakt mit seinem inneren Kind aufzunehmen, doch es war ihm nicht gelungen. Er hatte dabei mehr an Kerstin als an ihn selber gedacht, denn ihre Freude über die Reise konnte ihn nicht darüber hinweg täuschen, wie einsam sie sich noch immer in seiner Gegenwart fühlte. Ihn bekümmerte seine Verfassung nicht sonderlich, doch er hätte manches dafür gegeben, Kerstin so glücklich zu machen, wie sie es früher mit ihm war.

Gegen einundzwanzig Uhr bezahlten sie ihre Rechnung und brachen auf. Da ihre Wohnung in der Anny Letenske Straße zu Fuß nur etwa zwanzig Minuten vom Zentrum entfernt lag, nutzen sie weder Taxi noch U-Bahn. In ihrem bescheidenen Domizil angekommen, öffnete Thorsten eine teure Flasche französischen Rotweins, die ihnen Rolf spendiert hatte, um in den Geburtstag Kerstins hinein feiern zu können. Sie plauderten angeregt miteinander und vergaßen dabei die tiefen Einschnitte und Brüche in ihrer beider Biographie. Punkt zwölf ließ Thorsten den Korken von der mitgebrachten Flasche Champagner knallen und beglückwünschte Kerstin. Dann übergab er ihr ein Kuvert. „Mein Geschenk für Dich, Schatz."

Sie öffnete es aufgeregt wie ein Kind und zog zwei Eintrittskarten für ein Konzert des Vivaldi Orchesters hervor, das am morgigen Abend im Klementium stattfinden würde. Überglücklich fiel sie ihm in die Arme. „Oh Thorsten, danke, was für ein wundervolles Geschenk."

„Nur zu gern hätte ich Dir den Don Giovanni gegönnt, doch der wird leider erst in zwei Wochen aufgeführt."

„Die vier Jahreszeiten von Vivaldi sind nicht minder schön. Du weißt doch, wie sehr ich sie liebe."

„Und das ist natürlich auch kein Vergleich zu früheren Geburtstagsgeschenken", seufzte er, „aber mehr war eben diesmal nicht drin."

„Red' keinen Unsinn!" Sie schlug ihm scherzhaft auf die Wange und sah ihm verliebt in die Augen. „Als wenn es darauf ankäme. Das schönste Geschenk für mich ist, dass unsere Liebe alle Stürme überdauert hat."

Er nickte wehmütig lächelnd. „Dennoch wäre ich glücklich gewesen, wenn ich dir das neue Cabriolet schenken könnte, auf das du dich schon so gefreut hast."

Sie stellte ihr Glas ab, schmiegte sich an ihn und begann langsam sein Hemd aufzuknöpfen. „Ich wüsste da noch ein Geschenk, dass mich viel glücklicher machen würde, mein Schatz. Und dich viel weniger kostet."

47

Als Thorsten auf das beleuchtete Ziffernblatt seiner Armbanduhr sah, war es kurz nach drei Uhr am Morgen. So verzweifelt hatte er Kerstin noch nie zuvor weinen gehört. Sie schluchzte ins Kissen, um seinen Schlaf nicht zu stören, dennoch war er erwacht und spürte den tiefen Schmerz ihrer Seele. Es schnitt ihm ins Herz, doch er fühlte sich hilflos bei seinem Wunsch, sie zu trösten. Er musste nicht lange nachdenken, um sich klar zu machen, weshalb sie so unglücklich war. Es war ihr wiederum nicht gelungen, sein Herz zu erreichen, als sie sich geliebt hatten. Körper, die sich aneinander erhitzten, anstatt Seelen, die sich vereinten. Pure Lustbefriedigung ohne die Sphäre der Liebe. Ein Orgasmus, der sie nicht zu verschmelzen vermochte. Wie lange sollte dieser Zustand noch währen? Wie lange musste sie ihn noch ertragen? Wie lange würde er sie, ohne es zu beabsichtigen, noch quälen müssen? Er überlegte, ob er sich ihr zuwenden sollte, ließ es dann aber sein. Seine Hilflosigkeit würde ihren Schmerz nur vertiefen.

Kurz vor sieben verließ Thorsten leise das Bett. Er hatte seit dem Erwachen keinen Schlaf mehr gefunden und sich nur von einer Seite auf die andere gewälzt. Auf Zehenspitzen schlich er aus dem Schlafzimmer und zog sich seine Sportsachen an.

Er joggte die Nationalstraße an der mächtigen Reiterstatue des heiligen Wenzels vorbei zur Altstadt hinunter. Nur wenige Menschen waren um diese Zeit unterwegs. Anstatt zum Wenzelsplatz zu laufen, wie er es vorgehabt hatte, bog er, getrieben von einem inneren Impuls, rechts ab, bevor es zur Innenstadt ging. Am Ende der Straße erblickte er das monumentale Eingangstor der Altstadt. Ein gotisches Bauwerk aus dem Jahr 1475, das früher als Schießpulverlager diente. Je näher er dem sogenannten Pulverturm kam, desto bedrückender erschien ihm das düstere Bauwerk. Es entsprach nicht seiner Gewohnheit, seinen Lauf zu unterbrechen, doch jetzt fühlte er sich geradezu genötigt, vor dem Turm stehen zu bleiben und an ihm empor zu blicken. Genauso bist du, wurde ihm dabei bewusst, genauso wie dieser Turm. Ein Bollwerk, das seinem Bewohner Schutz bietet. Für die Besucher jedoch ist er so uneinnehmbar, unbezwinglich und unüberwindbar wie eine Festung. Und das Tor, es bietet nur Durchgang, der Eingang jedoch, er ist wie bei dir noch verschlossen. Erst um zehn Uhr würde er zur Besichtigung geöffnet werden.

Wann wird die Zeit kommen, an denen sich die Tür deines Herzens wieder für andere öffnet, schoss es ihm durch den Kopf, als er durch das Tor und dann im Linksbogen vorbei am Platz der Republik um das prunkvolle Gemeindehaus herum wieder in Richtung Wenzelsplatz lief. Als er ihn erreichte, war ihm, als symbolisiere die Weite des Altstädter Rings jene Offenheit, die er für sich selbst im Inneren erstrebte. Er joggte rund um den Platz, der sich zunehmend mit Menschen füllte. Die Sonne brach durch die Wolken und tauchte die historische Stätte in goldenes, warmes Licht.

War es dieses Licht? War es die Wärme auf seiner Haut? Waren es die durch das Joggen befreiten Endorphine? In jeden Fall hatte er plötzlich das Gefühl, als müsse er sich durch einen Schrei aus dem inneren Gefängnis befreien. Sollte er dem seltsamen Empfinden Raum geben? Mitten auf diesem Platz? Vor all den Menschen? Würde ihn das nicht wie den verrückten Pontiak aussehen lassen? Ja noch viel schlimmer, wie ein Geisteskranker müsste er den Menschen erscheinen, wenn er ohne jedweden äußeren Anlass verschwitzt und im Sportzeug einen einsamen Schrei ausstoßen würde. Aber vielleicht war es sein inneres Kind, das da im Inneren anklopfte? Vielleicht war es gerade diese Verrücktheit, die es erwählte, um das Bollwerk, das der erwachsene Thorsten als Schutzwall errichtet hatte, zum Einsturz zu bringen? Er joggte schon zum zweiten Mal um den Platz, ohne sich entschließen zu können. Mein Gott, was war nur aus ihm geworden! Er hatte doch schon vor dreißigtausend Menschen gesprochen. Was war so schwierig daran, vor den nur etwa fünfzig sich jetzt auf dem Platz befindlichen Menschen einen Schrei auszustoßen? Diese freilich etwas ausgefallene Aktion stand doch in keinem Vergleich zu der Blamage seines Konkurses.

Kerstin erschien vor seinem inneren Auge. Er hörte sie wieder weinen, so untröstlich wie heute Nacht. Wenn ein simpler Schrei in der Öffentlichkeit der Preis dafür war, sie endlich wieder glücklich zu sehen, dann wollte er ihn bezahlen. Jetzt gleich. In diesem Moment. Er blieb stehen, streckte beide Arme gen Himmel, warf den Kopf in den Nacken und schrie so laut er nur konnte: „Jaaaaaaaaa!" Und gleich noch einmal: „Jaaaaaaaaaa!" Ihm war, als würde sein Inneres von einem Pfropfen befreit. Ein Energieschub, stark, heiß, prickelnd, schoss durch seinen Körper. Die Hemmschwelle war überwunden und ließ ihn gleich noch einmal selbstvergessen „Jaaaaaaaaa!" brüllen. Jetzt war es ihm egal, was die Leute dachten. Sollten sie von ihm glauben, was sie glauben wollten. Sollten sie sich über ihn lustig machen. Was lag daran? Er hatte nichts getan, was ihnen Schaden zufügte. Als er an den verdutzten Gesichtern einiger deutscher Touristen vorbei lief, war ihm danach, sie zu grüßen. „Hallo!" rief er ihnen freudig zu, „ist das nicht ein traumhaft herrlicher Tag?" Er hörte sie hinter ihm in Lachen ausbrechen und über ihn frotzeln. Egal. Er befand sich plötzlich in Hochstimmung und begann nun jeden zu grüßen, an dem er vorbei lief. Was war das nur für ein Lauf! Jedenfalls nicht der eines erwachsenen Mannes im reifen Alter und grauen Haaren. Vielmehr der eines unschuldigen, fröhlichen Kindes. Er begann im Zick-Zack zu laufen, sprang mehrmals in die Luft und schrie dabei wiederum: „Jaaaaaaaaaa!" Die Leute schüttelten ihre Köpfe und fassten sich an den Kopf. Doch je länger er lief, desto mutiger wurde er, sich entgegen aller Konvention zu verhalten.

Auf der Nationalstraße kam ihm ein Penner entgegen. Unrasiert. Mit traurigen Augen. Verwilderten Haaren. In zerschlissener Kleidung. Plastiktüten in beiden Händen. Sein Gang war müde, die Schultern hingen freudlos herab. Schon war Thorsten an dem Penner vorbei, da entbrannte in ihm der Wunsch, dem ärmlich gekleideten, heruntergekommenen, traurigen Mann eine Freude zu machen. Er hatte etwas Geld mitgenommen. Einen Geldschein und ein paar Münzen. Er kramte in seiner Jackentasche, zog den Geldschein hervor, joggte zurück zu dem Bettler, der inzwischen seine

Tüten abgestellt hatte und mit leeren Augen auf das Trottoir blickte. Thorsten überreichte ihm freundlich lächelnd den Schein. Es waren fünfhundert Kronen, was etwa fünfzehn Euro entsprach. Nicht gerade wenig in seiner Situation. Schon wollte er seinen Lauf fortsetzen, als der Bettler in Tränen ausbrach, etwas auf Tschechisch zu ihm sagte und ihn umarmte. Der scharfe, penetrante Gestank des Obdachlosen nahm Thorsten beinahe den Atem, doch er war zu gerührt, um sich aus seiner Umarmung zu befreien. Ein heißer Strom stieg in ihm empor. Tränen traten ihm in die Augen. Doch er schämte sich ihrer nicht. Der ganze Schmerz, über viele Wochen verdrängt, eingesperrt, verrammelt, verriegelt, brach schlagartig aus ihm heraus. Die Dankbarkeit eines stinkenden Penners, eines zerlumpten Mannes der Straße, hatte den Felsen gesprengt, der den Weg zu seinem Herzen blockierte. Thorsten löste sich von dem Mann und sah in seine nassen, verwunderten Augen. Spontan ergriff er seine Hände und begann mit ihm im Kreise zu tanzen. „Jaaaaaaaa!" rief er wieder dabei und der Penner tat es ihm mit krächzender Stimme gleich.

Eine Menschentraube hatte sich inzwischen um sie gebildet. Das ungewöhnliche Schauspiel am Morgen zog sie an wie Motten das Licht. Einige Leute schüttelten missbilligend den Kopf, andere lachten belustigt. Dann begann irgendjemand in die Hände zu klatschen. Der Applaus steckte an. Erst noch verhalten, klatschten schließlich alle Umherstehenden laut in die Hände. Bravo Rufe erklangen. Thorsten war wie im Rausch. Er löste sich von dem Penner, ergriff die Hände einer älteren Frau, tanzte mit ihr im Kreise umher, wechselte dann wieder den Partner. Seine Begeisterung sprang auf die Menschen über. Aktentaschen und Einkaufskörbe wurden abgestellt. Fremde Menschen, Frauen und Männer, Junge und Alte, Arbeiter und Geschäftsleute, Hausfrauen und Studentinnen, Krawattenträger und Hemdsärmelige ergriffen sich an den Händen, wurden wieder zu Kindern, lachten, johlten, wirbelten tanzend im Kreise herum. Eine Geige erklang. Ein junger Musikstudent mit einem Pferdeschwanz spielte sie, neben ihm auf dem Gehsteig stand der geöffnete Geigenkasten. Es schien sich um ein bekanntes tschechisches Volkslied zu handeln, denn die Tanzenden begannen nach der volkstümlichen Melodie in ihrer Sprache zu singen. Immer mehr Leute kamen von allen Seiten herzu, hielten an, stutzten, staunten, lachten schließlich und reihten sich in die Schar der Tanzenden ein. Die Fenster der umliegenden Häuser hatten sich inzwischen geöffnet. Ihre Bewohner winkten, schwenkten Taschentücher, einige sogar große, weiße Laken. Was war nur geschehen? Welche geheimnisvolle Magie hatte diesen Trubel ausgelöst? Und was waren das nur für begeisterungsfähige Menschen? Unwillkürlich kam ihm die Niederschlagung des Prager Frühlings in den Sinn. Nicht weit von hier hatten sich die freiheitsliebenden Menschen dieser Stadt vor über dreißig Jahren dem Einmarsch der Truppen des Warschauer Paktes entgegen gestellt. Hatten todesmutig um ihre politische Freiheit gekämpft. Junge Leute hatten sich mit aufgerissenem Hemd und entblößter Brust provozierend vor die Panzerrohre gestellt. Schon damals hatte er diesen mutigen Menschenschlag bewundert. Nun sah er mit eigenen Augen, zu welchem Gefühlsüberschwang, zu welchem Enthusiasmus die Prager fähig waren. Und mit welcher Courage sie jetzt die Fesseln äußerer Konventionen ablegten, um ihren Gefühlen Ausdruck zu verleihen.

Die singenden, tanzenden Menschen nahmen Thorsten längst nicht mehr wahr, so dass er sich unbemerkt entfernen konnte. Er hatte das Spektakel initiiert, doch was lag daran, ob man sich dessen bewusst war? Die Menschen waren auf geheimnisvolle Weise von seiner Euphorie angesteckt worden. Ohne dass er es wollte. Er wollte nur noch eines: Heim zu Kerstin! Seiner geliebten Kerstin! Oh mein Liebling! Sein Herz sprang vor Freude schneller als er zu rennen vermochte. Er fand noch ein paar Münzen in seiner Tasche, von denen er in einem Straßencafé einen Becher Kaffee kaufte. Wie sehr liebte sie doch ihren Kaffee am Morgen.

Als er die Wohnung betrat, mit dem Kaffeebecher in Händen, war sie bereits wach und kam aus dem Bad. Sie sah ihn nur an und wusste um seine Verwandlung. Seine leuchtenden Kinderaugen, sie sprachen Bände. Er musste ihr nicht mehr sagen, was mit ihm geschehen war.

48

Die vier Jahreszeiten. Der Frühling ließ die Samen auf-
blühen, der Sommer brachte die Blüte zur Reife, der Herbst
lud zur Ernte und der Winter ließ alles Leben wieder erster-
ben. Ein ewiger Zyklus. Der Mensch konnte ihn nicht verändern. Er konnte ihm nur sein Handeln anpassen. Und wenn
er es nicht tat, wenn er sich gegen den Zyklus sträubte und
wehrte, ging ihm all die Schönheit verloren, die Vivaldi auf
einzigartige Weise vertont hatte. Jede Jahreszeit hatte ihren
besonderen Charakter, wenn man nur hinhören, wenn man
sich nur darauf einlassen konnte. Natürlich liebte jeder Zu-
hörer andere Passagen der Komposition, ebenso wie jeder
Mensch eine andere Jahreszeit bevorzugt, doch brillant und
faszinierend waren sie alle.

Sie waren in der ersten Reihe gesessen und konnten die
Musiker in ihren historischen Kostümen aus nächster Nähe
betrachten, doch schon bald hatten sie beide die Augen geschlossen und sich ganz der vollendeten Musik des italieni-
schen Komponistengenies hingegeben.

Nach dem Konzert waren sie eng umschlungen zur Moldau hinunter gelaufen. In einem Biergarten, nahe der Karlsbrücke, hatten sie gerade noch zwei Plätze gefunden und
Pilsner Urquell bestellt. Den wundervollen Melodien Vival-
dis nachhängend, ließen sie ihre Blicke verträumt über das
im Mondschein blinkende Wasser zu der im Scheinwerfer-
glanz erhellten Prager Burg hinüber schweifen, als ein hochgewachsener Herr an ihren Tisch trat. „Ich wollte es zunächst nicht glauben, aber du bist es tatsächlich!"

Thorsten sah zu ihm auf. „Konrad Backes, das gibt es doch nicht!" Er sprang auf und umarmte den Mann, der sich dabei zu ihm herunter beugen musste. Thorsten, selbst eins zweiundachtzig groß, reichte dem norddeutschen Hünen aus Hamburg nur bis zur Schulter.

„Entschuldige Kerstin", sagte Backes anschließend, „Ladys first, an diese Regel halte ich mich im allgemeinen, doch heute hatte ich leider nicht die geringste Chance dazu." Er lachte und umarmte sie auch.

„Konrad wie schön dich wiederzusehen. Was machst du in Prag?"

„Urlaub, meine Beste, ein paar Tage Entspannung in dieser einzigartigen Stadt. Ich bin kein Typ für den Strand." Backes entschuldigte sich, ging zu seinem Tisch hinüber, an welchem mehrere Männer und Frauen saßen, sprach kurz mit ihnen, brachte seinen Stuhl mit und setzte sich zu ihnen an den Tisch. Konrad Backes war Vorstandsvorsitzender eines bedeutenden Weltunternehmens, das bekannte Getränkemarken herstellte. Sie kannten sich schon viele Jahre. Backes hatte Thorsten ganz zu Anfang seiner Karriere zum Training seiner Führungskräfte engagiert. In späteren Jahren, als er ausschließlich auf Großveranstaltungen sprach, waren sie sich nur noch begegnet, wenn er geschäftlich in Frankfurt zu tun hatte und Thorsten sich zufällig einmal zu Hause aufhielt. So hatte er auch Kerstin kennengelernt.

Mit den Jahren hatte sich zwischen ihnen ein Vertrauensverhältnis gebildet und so dauerte es nicht sehr lang, bis Backes ihnen mitteilte, dass er seit einem halben Jahr so ziemlich die schlimmste Phase seines bisherigen Lebens durchlaufe. Zwar sei er geschäftlich noch immer erfolgreich, aber innerlich fühle er sich ausgebrannt, erschöpft und ohne Elan. Und in seiner Ehe krisle es auch. „Vielleicht ist es das, was man Midlife Crisis nennt. Schließlich feiere ich nächstes Jahr einen runden Geburtstag. Dann kommt eine fünf vor die Null."

„Du wirst tatsächlich fünfzig?" Kerstins Erstaunen war echt, denn Backes hatte noch volles, pechschwarzes Haar und sein markantes Gesicht mit der Adlernase und dem kantigen Kinn wies so gut wie keine Falten auf. Lediglich neben den Augen ließen sich einige Krähenfüße ausmachen.

„Wenn ich nicht um dein aufrichtiges Wesen wüsste, würde ich glauben, dass du mir schmeichelst", erwiderte Backes.

„Sie hat vollkommen recht. Man schätzt dich auf höchstens achtundvierzig", frotzelte Thorsten.

Backes lachte amüsiert. „Na, deinen Humor scheinst du jedenfalls nicht verloren zu haben!"

„Warum sollte ich? Du kennst doch den Spruch: Ist der Ruf erst ruiniert, lebt sich's völlig ungeniert. Aber Spaß beiseite Konrad: Warum hast du mich denn nicht mal angerufen? Schließlich habe ich einige Erfahrung mit Krisen."

„Meine begann etwa zu dem Zeitpunkt, als deine Schwierigkeiten begannen. Da wollte ich dir nicht auch noch mit meinen vergleichsweise lapidaren Problemen in den Ohren liegen."

„Typisch für dich. Aber nun sitzen wir ja zusammen. Wie lange bis du noch in Prag?"

„Eine Woche."

„Wir leider nur noch bis übermorgen. Aber ich habe da eine Idee. Hast du morgen Zeit?"

„Die nehme ich mir."

„Gut Konrad. Wir treffen uns morgen um zehn. Ist dir das recht?"

„Auch schon um neun, wenn du Lust hast. Kommt doch beide ins Hilton. Ich lade euch zum Frühstück ein."

„Zehn Uhr wäre mir lieber. Wir müssen vorher noch ein paar Besorgungen machen."

Backes war einverstanden.

Als sie den Heimweg antraten, fragte sie ihn: "Was hast du mit Konrad vor?"

„Kannst du mir morgen ein paar von deinen Kosmetikartikeln ausleihen. Lippenstift, Wimperntusche, Lidstift?

„Natürlich, aber das beantwortet nicht meine Frage."

„Was wir noch brauchen ist eine lustige Maske und alte Kleidung, am besten eine, die bestialisch stinkt."

„Sag mal, bist du eigentlich sicher, dass du nicht übergeschnappt bist?"

„Ich bin normaler als je zuvor", erwiderte er und drückte sie lachend an sich.

49

Sie hatten fürstlich gebruncht und waren anschließend nach draußen gegangen, um auf der Terrasse des Hilton Hotels, in der Nähe des Pools ihr Gespräch unter strahlender Sonne weiter zu führen. Es schien ein herrlicher Tag zu werden. Die Luft war lau, am Himmel klebten nur einige harmlose weiße Wölkchen.

„Was genau hast du eigentlich mit mir vor?" fragte Backes.

„Zunächst muss ich dir einige Fragen stellen."

„Schieß los!"

„Kennt man dich hier in Prag?"

Backes schüttelte den Kopf. „Bis auf die Leute, mit denen ich gestern Abend zusammen saß, niemand."

„Sind es Freunde von dir?"

„Nein, ich lernte sie im Hotel kennen. Sie sind wie ich Gäste."

„Wärst du bereit, ein paar Dinge zu machen, die dir absolut närrisch erscheinen müssen, wenn du sie hörst?"

Backes dachte einen Augenblick nach. „Wenn sie zur Lösung meiner Probleme beitragen und ich nicht von der Karlsbrücke in die Moldau springen muss, soll es mir recht sein."

„Was ich mit dir vorhabe ist weder gefährlich noch unmoralisch. Nur ungewöhnlich."

Er zuckte die Achseln. „Na gut."

„Eine weitere Frage. Würdest du diese Dinge auch tun, wenn ich dir nicht versprechen kann, dass sie deine Probleme lösen?"

„Du hast es schon immer bestens verstanden, Spannung zu erzeugen. Mir wäre es heute allerdings lieber, wenn du mir schlicht und einfach sagen würdest, was du vorhast. Dann fiele mir die Entscheidung leichter."

„Beantworte bitte zuerst meine Frage."

„Immer noch ganz der Alte, der Trainer bestimmt die Regeln", knurrte Backes und rieb sich grinsend das Kinn. „Ich kaufe nicht gerne die Katze im Sack. Das weißt du. Übrigens: Wie hoch ist eigentlich dein Honorar? Womöglich kann ich dich gar nicht bezahlen?"

„Ich bin gerade dabei, dir die Kosten vorzurechnen. Meine Honorarforderung ist: Du befolgst alle meine Anweisungen in den nächsten Stunden, restlos alle, ohne Ausnahme. Ist dir dieser Preis zu hoch?"

Backes sah ihn eine Weile unverwandt an. „Wenn du mir etwas von deinem Optimismus und Lebensmut abgeben kannst, dann erscheint mir dieser Preis nicht sehr hoch."

„Das kann ich dir nicht versprechen. Aber was spricht gegen einen Versuch?"

Backes reichte ihm die Hand. „Einverstanden."

„Gut", lachte Thorsten und drückte sie fest, „dann kann es ja losgehen. Lass uns zur Karlsbrücke gehen."

„Zur Karlsbrücke? Hast du mir nicht versprochen, ich müsste nicht in die Moldau springen?"

„Wirst du auch nicht. Aber im übertragenen Sinn werden wir dich schon ins kalte Wasser schmeißen müssen."

50

Ein nicht endend wollender Strom von Touristen schob sich ihnen entgegen, als sie die Karlsbrücke mit ihren insgesamt dreißig auf den Brückenpfeilern erbauten Heiligenstatuen überquerten. Zahllose Stände mit Aquarellen und Ölbildern, Andenken, Glasschmuck, Armbändern, Ketten und Ringen reihten sich aneinander und waren von Menschentrauben umringt. Straßenmusikanten, Solisten und Gruppen, gaben in kurzen Abständen voneinander entfernt ihre Stücke zum Besten. Einmal Volkslied, dann wieder Jazz. Bettler saßen am Wegesrand, einer von ihnen kniete mit katholisch gefalteten Händen vor dem Gesicht auf der Straße hinter seinem Hut. Touristenführer drängten mit Gruppen verschiedener Nationalitäten und hoch empor gehobenen Schirmen und Stöcken durch das Gewusel. Am Ende der über einen halben Kilometer langen Brücke öffnete Thorsten die mitgebrachte Reisetasche und zog eine Gummimaske hervor. Er reichte sie Backes. „Setz sie auf, geh mit ihr über die Brücke und bring die Menschen zum Lachen."

„Wie bitte?" Backes hielt mit ungläubiger Miene das Kaspergesicht in der Hand. „Das ist nicht dein Ernst!"

„Das ist deine leichteste Übung", lachte Thorsten, „ein Warming up sozusagen."

Backes stöhnte. „Auf was habe ich mich da nur eingelassen."

„Sie werden ja nicht sehen, wer unter der Maske steckt", erklärte Thorsten, „du kannst also dein Gesicht nicht verlieren." Er ergriff die Maske, setzte sie ihm auf und brachte den

Gummizug an seinem Hinterkopf an. „Und nun los!" Er gab ihm einen Klaps auf den Rücken. „In spätestens dreißig Minuten sehen wir uns wieder. Einmal hin und zurück. Jeweils mit Maske natürlich. Und vergiss nicht, die Menschen zum Lachen zu bringen."

Den ersten Schritten merkte man an, wie ungeheuer peinlich dem kühlen Norddeutschen die närrische Rolle war. Er lief so hölzern und steif wie ein Brett auf zwei Beinen. Erst nach etwa fünfzig Metern bemerkten Kerstin und Thorsten, die ihm in angemessenem Abstand folgten, wie er hie und da sein Kaspergesicht einem Touristen zuwandte und mit unbeholfenen Gesten versuchte, ihm ein Lachen abzugewinnen. Die ersten Versuche scheiterten kläglich, er erntete nur missbilligende Blicke und verächtliche Bemerkungen. Doch als seine Bewegungen mit der Zeit etwas lockerer wurden, gelang es ihm mehr und mehr, dem einen oder anderen zumindest ein Lächeln abzuringen. Etwa in der Mitte der Brücke angelangt, hörten sie ihn Tri Tra Tralala singen und sahen ihn in wahrhaft kasperlhafter Manier herum springen.

„Na wer sagt's denn", lachte Thorsten, „er hat es geschafft. Komm, wie gehen wieder zurück und warten auf ihn."

„Was bezweckst du damit?" fragte sie ihn auf dem Rückweg, „was ist der Sinn dieser Übung?"

„Kerstin, wir spielen alle unsere Rollen. Der eine als Straßenkehrer, der andere als Vorstandsvorsitzender. Doch wir sind weder das eine, noch sind wir das andere. Wir identifizieren uns jedoch derart mit unserer Rolle, dass wir am Ende tatsächlich glauben, dass wir das sind, was wir lediglich spielen. Irgendwann wird jede Rolle zu reiner Routine. Wir spielen sie so perfekt, dass wir nichts mehr dazu lernen können. Und das ist es, was uns unglücklich macht. Alles was wir nur noch mechanisch abspulen, befriedigt uns nicht. Doch dies wird uns nicht dadurch bewusst, dass es uns jemand sagt. Wir müssen es erleben. Und ich glaube, ein extremer Rollenwechsel via Publikum kann uns dieses Erlebnis verschaffen. Genau das habe ich gestern erlebt. Plötzlich war ich wieder authentisch. War wieder der, der ich eigentlich bin. Allerdings weiß ich nicht, ob das auch bei anderen funktioniert."

„Dann ist Konrad also so eine Art Versuchskaninchen?"

Thorsten grinste. „Im Grunde ja. Aber es wird ihm auf keinen Fall schaden."

Als Backes zurück kam und die Maske abzog, strahlte er über das ganze Gesicht. „Unglaublich, was so ein haarsträubender Blödsinn in einem bewirkt", sagte er, „ich fühle mich großartig, könnte direkt noch einmal über die Brücke albern."

„Das wirst du auch, mein Lieber, doch diesmal ohne Gummimaske." Er zog den Schminkkasten Kerstins und einige andere Schminkutensilien hervor, die er zusammen mit ihr am Morgen in einem Kosmetikgeschäft besorgt hatte. „So mein Schatz, jetzt bist du dran. Würdest du bitte unserem Klienten ein Clowngesicht malen."

Als Kerstin ihr Kunstwerk vollbracht hatte, übergab Thorsten ihm eine übergroße Hose mit Hosenträgern, eine weite, zerknitterte Jacke aus schwarzem Leinen, eine riesige Fliege und einen Zylinder. „Zieh dir das bitte über, leider haben wir keine Schuhe in Übergröße bekommen, aber mit deiner Schuhgröße brauchen wir die gar nicht. Die Hose kannst du über die deinen ziehen, die Hosenbeine sind so weit, dass sie für zwei Mann reichen."

Backes befolgte seufzend und kopfschüttelnd seine Anweisungen. Als er umgezogen vor ihnen stand, fotografierte ihn Kerstin. Hosenbeine und Jackenärmel waren so kurz, dass seine Kleider unter der Kostümierung hervor schauten. Der Zylinder war um mindestens zwei Größen zu klein. Kerstin und Thorsten bogen sich vor Lachen, als der Hüne in seiner närrischen Verkleidung vor ihnen stand.

„Ihr habt leicht lachen", sagte er, wobei sein Clowngesicht eine höchst traurige Miene annahm.

„Genauso ist es richtig!" rief Thorsten. „Der traurigste Clown, den die Welt jemals sah. Das ist jetzt deine Rolle."

Und da lief nun der Vorstandsvorsitzende einer Weltfirma, Herr über zwanzigtausend Mitarbeiter und einem Jahresgehalt von über einer Million Euro wiederum über die Brücke, mischte sich unter die Menschen und sah sie mit dem traurigsten Blick, dessen er fähig war, an.

Zum Ausgangspunkt zurückgekehrt überreichte ihm Kerstin eine Flasche Wasser. Backes lehnte sich erschöpft an die Mauerbegrenzung der Brücke, nahm den Zylinder ab, riss sich die Fliege herunter und setzte die Flasche an. Der Schweiß, vermischt mit dem Make-up, lief ihm in Strömen übers verschmierte Gesicht. „Ihr macht vielleicht Sachen mit mir", stöhnte er.

Kerstin schlug eine Pause zum Abschminken vor und wies auf ein Restaurant, das sich ganz in der Nähe, schräg gegenüber von der Brücke befand. Sie liefen einige Stufen hinab auf einen gepflasterten Platz, den rundum ein Gebäudekomplex von Wohnhäusern, Hotels und einigen Restaurants umgab. Da alle Gartenrestaurants mit Menschen vollgestopft waren, liefen sie über den Platz, dem sich ein Weg durch die Häuser anschloss, der sie geradewegs in einen Park führte, von dem aus sie einen herrlichen Blick auf die Moldau hatten. Sie setzten sich ins Gras und Kerstin begann den verschwitzten Rollenspieler abzuschminken. Thorsten fragte ihn währenddessen, in welcher Rolle er sich wohler gefühlt habe.

„Wenn du mich so fragst: In der ersten. Aber die Rolle des Clowns hat mir mehr gegeben."

„Wie meinst du das?" fragte Kerstin.

„Die Menschen lachten über den Clown mehr als über den Kasper. Je mehr sie sich über mich lustig machten, desto trauriger wurde ich, ohne es, wie ganz zu Anfang, spielen zu müssen. Ich fragte mich nach dem Grund. Und da merkte ich: Weil es mir in Wirklichkeit ebenso geht. Keiner weiß, keiner bemerkt, wer ich wirklich bin. Man sieht nur den Vorstandsvorsitzenden in mir und tut, was er von seinen Mitarbeitern erwartet. Und ich muss meiner Rolle treu bleiben. So wie eben, als trauriger Clown. Obwohl ich gerne mit gelacht hätte."

„Welche Schlussfolgerung ziehst du aus diesem Erlebnis?" fragte Thorsten.

Er überlegte eine ganze Weile, bevor er antwortete. „Irgendetwas hat das Ganze in mir ausgelöst. Ich weiß nur noch nicht was."

Thorsten gönnte Backes eine halbe Stunde Pause. Dann instruierte er ihn über die nächste und letzte Übung. „Diesmal gibt's kein Make-up. Nur deine Haare müssen verwildert aussehen und du wirst dich noch einmal umziehen müssen. Hier im Park ist das ja kein Problem. Er reichte ihm eine Hose, die mehrere Löcher aufwies und eine zerknitterte Jacke, die grauenvoll stank.

„Mein Gott, wo hast du nur all diese entsetzlichen Sachen aufgetrieben?"

„Wir sind seit sieben Uhr morgens unterwegs. Die Jacke habe ich heute Morgen einem Penner abgekauft, der sie sicherlich noch nie zur Reinigung brachte, und die Löcher in der Hose verdanken wir Kerstins Künste mit der Nagelschere. Übrigens: Du solltest dir deine teuren Schuhe ausziehen und in Strümpfen laufen. Allerdings werden wir vorher noch ein paar Löcher rein schneiden, sonst nehmen dir die Leute den Bettler nicht ab."

„Hast du auch einen Hut, in den die Leute Geld rein werfen können?" Er grinste. „Oder meinst du etwa, ich setzte mich just for fun an den Straßenrand?"

Thorsten griff in die Reisetasche und übergab ihm eine Blechbüchse. „Die hab' ich heute Morgen für dich aus einer Abfalltonne geholt."

„Riecht penetrant nach Fisch", sagte er mit angewiderter Miene, „wo ich doch keinen Fisch esse."

„Du wirst es überleben." Thorsten erhob sich. „Lass uns zur Tat schreiten."

Bevor Backes sich in seiner neuen Verkleidung unter eine der Heiligenstatuen auf der Brücke setzte, hatte er sich auf dem sandigen Parkweg die Hände schmutzig gemacht und Kerstin hatte ihm etwas von dem Dreck ins Gesicht gerieben. Mit zerzausten Haaren, Mitleid erregenden Gesten, gebeugtem Kopf, starr auf den Boden gerichtetem Blick und hängenden Schultern saß der Multimillionär fünfundvierzig Minuten vor seiner stinkenden Blechbüchse. Er spielte seine Rolle perfekt und hatte immerhin Münzen im Wert von vierzig Kronen zusammen bekommen, die sie anschließend einem richtigen Bettler in die Mütze warfen.

Nachdem Backes sich im Park umgezogen hatte, nahm er Thorsten in die Arme und schlug ihm einige Male freundschaftlich auf die Schulter. Thorsten bemerkte, dass seine Augen feucht waren. „Lass dir danken. Ich glaube, ich habe heute etwas begriffen." Konrads Augen blickten ins Leere, als er fortfuhr. „Als ich da oben saß, vor meiner Blechbüchse, war mir zum Ende hin für einen Moment, als wäre ich wirklich ein Bettler. Quatsch, ich bin Chef eines Weltunternehmens, sagte ich mir. Ich spiele hier nur eine Rolle. Und in ein paar Minuten bin ich wieder der Alte. In diesem Moment wurde mir bewusst – ich glaube wie nie zuvor, Thorsten – dass auch mein Job als Vorstandsvorsitzender letzthin eine Rolle ist, die ich Tag für Tag nur noch spiele. Ich will weder ein Bettler, noch kann ich ein Clown oder Kasper sein, Thorsten; aber meine Chefrolle ist weitaus nicht mehr so spannend und erregend wie die Rollen, die ich heute spielte."

Er blickte zu Boden. „Und meine Rolle als Ehemann Thorsten, die ist nicht nur langweilig, sondern eine einzige Heuchelei." Er atmete tief durch und sah ihm mit festem

Blick in die Augen. „Ich werde eine Menge ändern müssen in meinem Leben. So viel steht fest."

Eine Woche später erhielt Thorsten einen Brief von Konrad Backes, in welchem sich außer einem Bogen unlinierten Papiers, auf dem lediglich mit großen Buchstaben DANKE und seine Unterschrift stand, ein Scheck über fünftausend Euro befand.

Vierzehn Tage danach rief Backes ihn an und teilte ihm mit, er habe endlich den Mut aufgebracht, sich von seiner Frau zu trennen. Eine Entscheidung, die er jahrelang vor sich her geschoben habe und die längst überfällig gewesen sei. Dann fragte er ihn, ob er bereit sei, einen langjährigen Freund, der ebenfalls eine hohe Position in einem Weltunternehmen innehabe, zu coachen. Thorsten sagte zu und flog eine Woche später mit ihm nach Prag. Der Mann hatte andere Probleme als Backes und erhielt daher auch andere Aufgaben. Unter anderem musste er mit einer Hundeleine, an welcher eine Banane befestigt war, über die bevölkerte Nationalstraße laufen und dabei so tun und so mit der Banane sprechen, als handle es sich um einen Hund.

Bereits ein halbes Jahr später erhielt Thorsten so viele Anfragen von Einzelpersonen, dass er die Termine auf einen Zeitraum von acht Monate verteilen musste. Nicht mehr als einen Klienten pro Woche, an dieses Prinzip wollte er sich strikt halten. Alle Anfragen waren durch Mund-zu-Mund Propaganda zustande gekommen und Thorsten hatte nicht die Absicht, seine Arbeit publik zu machen. Lange genug hatte er die Rolle des ehrgeizigen Karrieristen gespielt. Diese eitle Kostümierung bedeutete ihm nichts mehr.

Außer seinen Unkosten erhob er keine finanziellen Forderungen. Seine Klienten entschieden darüber, was ihnen das Coaching wert war. Er machte lediglich zur Bedingung, dass Kerstin dabei sein konnte, wenn er seine Termine wahrnahm, denn seine Ehe war in all den Jahren seines ambitionierten Strebens viel zu kurz gekommen.

Thorsten wurde zum Geheimtipp. Kaum einer seiner Klienten sprach mit anderen darüber, *was* er mit ihnen veranstaltete. Nur dass es sehr empfehlenswert sei, sich ihm anzuvertrauen. Sie wären sicher nicht zu ihm gekommen, wenn er mit seinen Erfolgen geprahlt oder gar die unkonventionellen Übungen veröffentlicht hätte. Zu den leichtesten Aufgaben gehörte, wildfremden Menschen an der Straßenecke einzelne Rosen zu schenken, völlig Unbekannte zu bitten, ihm den neuesten Witz zu erzählen, oder danach zu fragen, ob der Angesprochene zufällig Briefmarken oder Münzen sammle, in Eisenwarengeschäften nach einem Schraubenschlüssel für Linkshänder zu fragen oder bei Mister Minit die Armbanduhr zur Reparatur abzugeben. Bei Übungen mit höherem Schwierigkeitsgrad riefen seine Klienten in Bussen oder der U-Bahn laut die Haltestellen aus, rezitierten in Geschäften, anstatt etwas zu kaufen, vor dem verdutzten Verkäufer Gedichte von Goethe oder Schiller, liefen mit hoch erhobenen Händen über belebte Marktplätze, sangen vor Straßencafés ohne den Einsatz von Instrumenten ein Lied und baten die Menschen, in dasselbe einzustimmen, tanzten mit aufgespanntem Regenschirm allein auf offener Straße, obgleich es nicht regnete, traten in allen möglichen Kostümierungen via Publikum auf, hielten flammende Reden über irgendeinen haarsträubenden Blödsinn auf umgedrehten Obstkisten, kehrten in noblem Anzug, weißem Hemd und Krawatte die Straße oder ahmten auf dem Gehweg ein Tier, Hund oder Katze, nach, wobei sie natürlich auch bellten oder miauten. Für allzu schüchtere, gehemmte Damen schien sich insbesondere die Übung zu eignen, in einer stark frequentierten Apotheke mit der Begründung, der Ehemann habe große Potenzprobleme, laut und für alle vernehmbar, nach einer Doppelpackung Viagra zu fragen. Eine seiner Klientinnen, die außerordentlich unter ihrer Schüchternheit litt, war dabei so überzeugend, dass sie das Potenzmittel rezeptfrei erhielt. Sie war danach, obwohl sie die Durchführung dieser Übung vorher für völlig ausgeschlossen gehalten hatte, vom eigenen Mut überwältigt. Alternde Männer, die sich in einer Sinnkrise befanden, wies Thorsten an, zwei Wochen jeden Morgen um sechs Uhr mit einem Spaten in den Wald zu gehen und eine Stunde lang ein quadratisches Loch auszuheben: Mit geraden Kanten, sowie exakt drei Meter lang und drei Meter breit. Anderen empfahl er eine Woche lang jeden Abend für mindestens drei Stunden in einem stark frequentierten Lokal zu kellnern oder zwei Wochen lang morgens um fünf Uhr die Zeitungen auszutragen. Sinnkrisen schienen sich am besten mit Selbstdisziplin und der Ausführung niedrig oder gar sinnlos erscheinender Tätigkeiten überwinden zu lassen, Tätigkeiten allerdings, die sich bei ihrer Ausführung als durchaus befriedigend erwiesen und die Probleme seiner zumeist in verantwortlichen Berufen tätigen Klienten durch den temporären Rollenwechsel in einfache, körperlich anstrengende Jobs relativierten. Lebensmüden Reichen gab er den Rat, eine Zeitlang als Aushilfskraft in einem Begräbnis-institut oder einer Friedhofsgärtnerei zu arbeiten, denn die Konfrontation mit dem Tod in Kombination mit anstrengen-der Arbeit beim Grabaushub erwies sich bei ihnen als be-sonders geeignete Medizin. Mit jedem neuen Klienten er-weiterte sich das Spektrum der Übungen.

Zu Anfang waren es meistens hoch dotierte Manager o-der Unternehmer, die ihn als Coach in Anspruch nahmen. Später befanden sich auch bekannte Politiker, Wissenschaft-ler, Redakteure, Rundfunk- und Fernsehmoderatoren, Staatsanwälte, Rechtsanwälte, Richter, Künstler und Leis-tungssportler unter seinen Klienten.

Er hatte kein festgelegtes Programm, sondern vertraute seiner Intuition. Er ließ sich die Probleme der Menschen erzählen und entschied dann, welche Übung am geeignetsten schien. Es ging ihm nicht um spektakuläre Auftritte, sondern um geeignete Wege, die seinen Klienten halfen, eingeschlif-fenes Rollenverhalten im wirklichen Leben als unbefriedi-gende Maskerade zu entlarven und behinderndes Routine-verhalten durchbrechen zu können, sich aus gesellschaftlich aufoktroyierten Zwängen zu lösen, irrationale Scham und Hemmschwellen zu überwinden und Courage für Entschei-dungen zu gewinnen, die sie lange Zeit feige vor sich her geschoben hatten, sowie an Authentizität zu gewinnen.

Zu Anfang flog er mit seinen Klienten immer nach Prag, es fiel ihm außerordentlich schwer, sich von dem Ort zu lösen, an welchem er selbst den entscheidenden Durchbruch erfahren hatte. Später jedoch reiste er auch in andere Städte Europas. Und wenn es seinen Klienten nicht unangenehm war, oder wenn es die Übung bedingte, in deutscher Sprache zu kommunizieren, coachte er sie auch in deutschen Großstädten.

52

Es vergingen zwei Jahre, bis Backes ihn wiederum anrief. Der Anlass war allerdings denkbar tragisch. Er werde nicht mehr lange leben. Bei einer Routineuntersuchung habe man vor einem viertel Jahr Lungenkrebs diagnostiziert. „Obwohl ich mein Leben lang niemals rauchte. Ironie des Schicksals."

„Wie steht es um die Chance der Heilung?"

„Jede Therapie zwecklos, sagen die Ärzte. Ich habe mir einen Tumor eingefangen, der schneller wächst als all seine Artgenossen."

„Was hast du vor?"

„Ich werde sterben. Was sonst?"

„Du sagst das auf eine Art und Weise, als hättest du dich damit bereits abgefunden."

Konrad lachte trocken. „Ich spiele lediglich die Rolle des Tapferen, Thorsten. In mir sieht es ganz anders aus. Übrigens: Hast du augenblicklich viele Termine?"

„Vollkommen egal. Sag mir, wann du Zeit hast und schon bin ich bei dir."

„Zeit habe ich unbegrenzt, aber du müsstest nach Sardinien kommen. Ich hab mir ein herrliches Haus gekauft dort, erst vor einem Jahr. Sitze gerade auf der Terrasse und sehe aufs Meer. Grandioser Ausblick, kann ich dir sagen. Na, was ist? Klingt das gut?"

„Ich würde dich auch in Hamburg bei Nieselregen besuchen."

„Das weiß ich Thorsten, aber es bleibt dir diesmal erspart. Jetzt im Juni scheint hier fast täglich die Sonne und die Temperaturen sind äußerst angenehm. Bring unbedingt deine Perle mit. Wann könnt ihr kommen?"

„Ich sage alle Termine ab. Wenn wir einen Flug bekommen, sind wir morgen bei dir."

Konrad hatte sie mit seinem Land Rover vom Flughafen abgeholt. Als sie das letzte Teilstück des holprigen, steil bergan führenden Weges zu seinem Haus hinauf fuhren, wussten sie das Fahrzeug mit Allradantrieb zu schätzen.

„Herzlich willkommen in meinem neuen Domizil", sagte Konrad stolz, als sie ausgestiegen waren, „außer meiner Tochter hat mich hier übrigens noch niemand besucht." Die Wände aus grauem Granitstein, weder außen noch innen verputzt, gaben dem Gebäude ein malerisches Gepräge. Konrad schloss die schwere Tür aus massivem Eichenholz auf und führte sie ins Innere des Hauses. Der Wohnraum mit den wenigen antiken Möbelstücken und dem offenen Kamin war großzügig geschnitten und mit der angrenzenden Küche durch eine Bar verbunden. Der Boden, ebenfalls aus Naturstein, war mit wertvollen Perserteppichen ausgelegt. Konrad öffnete die Tür zu einem der insgesamt drei Schlafräume. „Wundert euch nicht, das Haus hat keine Klimaanlage. Aber ihr werdet trotzdem nicht schwitzen. Hier oben weht nahezu immer eine frische Brise vom Meer her und der Naturstein speichert nicht die Hitze des Tages."

Als Kerstin und Thorsten sich in dem komfortablen, mit weißen Marmorfliesen gekachelten Bad frisch gemacht hatten und auf der Terrasse erschienen, standen eine Karaffe mit Rotwein, Weißbrot, Parmaschinken und eine Schale mit frischen Oliven auf dem Tisch der Veranda, die mit wildem Wein überwuchert war. Konrad stand an der Mauerbegrenzung der Terrasse und sah aufs Meer hinaus, sein volles, dunkles Haar flatterte im Wind. Die Sonne stand tief. Thorsten und Kerstin gesellten sich zu ihm und füllten ihre Lungen mit der salzhaltigen Luft.

„Konrad, du hast nicht übertrieben", schwärmte Thorsten, sich nach allen Seiten umsehend, „eine traumhaft schöne Landschaft." Das Haus an der Ostküste Sardiniens am Golf von Orosei lag auf einem Felsplateau, das zum Meer hin steil nach unten abfiel. Der Höhenunterschied mochte dreißig Meter betragen. Der Panoramablick in die umliegende Landschaft war grandios: Wild wuchernde Macchia überall, Sträucher, Akazien, Agaven, Olivenbäume, Feigenbäume, Blumen aller Art. Nach rechts und links erhoben sich die pittoresken Berge Monte Irvierie, Bardia und Tului im Süden, Monte Tuttavista und Atgiadores im Norden. Sogar der berühmte Monte Sopramonte, höchster Gipfel Sardiniens, war in der Ferne zu sehen. Nach Osten hin lag hinter einem Canyon das smaragdblau glitzernde Meer.

„Der größte Teil des wilden Tales gehört zum Grundstück und lädt zu phantastischen Naturerlebnissen ein", erläuterte Konrad, „und der schmale Weg, den ihr da unten seht, schlängelt sich über den gesamten Canyon bis hin zum Meer. In weniger als fünfzehn Minuten läuft man zum Strand. Der kleine Fluss dort im Tal führt das ganze Jahr Wasser. Die Gegend ist praktisch menschenleer; hier begegnet man höchstens einmal ein paar Ziegen. Touristen verirrten sich kaum einmal in diese einsame Gegend. Und seht nur einmal nach oben." Als sie ihren Blick gen Himmel richteten, sahen sie einige Falken und andere Raubvögel über sich kreisen. „Ihr werdet die nächsten Tage noch genügend Zeit haben, um all das zu genießen." Er trat zum Tisch und goss Wein in die Gläser. „Ein herrliches Tröpfchen, kann ich euch sagen." Er erhob sein Glas und stieß mit ihnen an.

Während des Essens erzählte er ihnen, wie er das Grundstück aufgespürt hatte und welche Pläne sich mit seinem Kauf verbanden. Konrad stammte aus einer wohlhabenden Hamburger Kaufmannsfamilie und besaß auch ohne sein eigenes Vermögen genug Kapital, um von den Zinsen zu leben. Er hatte vorgehabt, noch ein Jahr zu arbeiten, um sich danach hier niederzulassen und endlich das zu tun, was er sein Leben lang als Hobby betrieben hatte, nämlich zu schreiben. Als er Thorsten und Kerstins erstaunte Miene wahrnahm, lachte er. „Ja, ja, das mag euch eigenartig erscheinen, aber als junger Mann wollte ich eigentlich Schriftsteller werden, hatte auch schon einige Semester Literaturwissenschaft studiert, doch dann packte mich der Ehrgeiz und ich wollte meinem Vater unbedingt beweisen, dass ich auch in der freien Wirtschaft Karriere machen könne, wenn ich nur wollte. Nun ja, das habe ich ja wohl auch bewiesen, aber meinen Traum, den lebte ich nie. Und nun, da ich ihn endlich leben wollte, macht mir der liebe Gott einen Strich durch die Rechnung." Ein arger Hustenreiz machte ihm das Weitersprechen unmöglich. Erst nach einigen Minuten war er in der Lage, seine Erzählung fortzusetzen. „Wenn dieser verdammte, unselige Ehrgeiz nicht gewesen wäre, ich hätte ein ganz anderes Leben gelebt. In den letzten Wochen habe ich nichts als geschrieben und ich war so unendlich glücklich dabei. Immer schon war ich beim Schreiben glücklicher als bei allen anderen Tätigkeiten. Und doch habe ich nie den

Absprung geschafft, auch damals noch nicht, als ich diese verrückten Übungen machte in Prag und genau wusste, dass es endlich, endlich Zeit dazu wäre. Und nun, nun ist es zu spät." Sein Blick war starr auf den Tisch gerichtet, nachdem er den letzten Satz ausgesprochen hatte.

„Konrad, auch Ärzte können sich täuschen. Es hat immer wieder Menschen gegeben, die als hoffnungslose Fälle galten und dann doch auf unerklärliche Weise geheilt wurden."

„Ach Thorsten, ich war nicht nur bei Schulmedizinern. Ich habe famose Heilpraktiker konsultiert, sogar ein bekannter philippinischer Geistheiler versuchte den Tumor aus meiner Lunge zu zaubern, doch der Krebs, das bewiesen die Röntgenbilder danach, blieb unbeeindruckt von seinen magischen Künsten. Nein, nein Thorsten, da ist nichts mehr zu machen."

Nach einer Weile bedrückenden Schweigens sagte Kerstin: „Konrad, die Weisheit Indiens besagt, dass nichts zerstört werden kann, nur die Formen verändern sich. Verbranntes Holz wird zu Asche, Asche vermischt sich mit Erde, aus der Erde wachsen Pflanzen, die Pflanzen werden zur Nahrung und somit kehrt das verbrannte Holzscheit in anderer Form wieder in den Kreislauf des Lebens zurück. Es gibt keinen Tod."

Konrad nickte wehmütig lächelnd. „Das mag sein, aber gestorben muss werden, auch wenn das, was du sagst, trostreich klingt und sogar irgendwie logisch. Aber es geht eben kein Weg daran vorbei, diesen Prozess zu durchlaufen. Und wenn man zu einem Zeitpunkt unter die Erde soll, der einem viel zu früh erscheint, dann ist das eben bitter. Sehr bitter."

Er goss ihnen Wein nach, wobei sich seine Miene aufhellte. „Genug davon jetzt. Noch lebe ich ja. Und *ihr* seid bei mir. Lasst uns den herrlichen Blick auf die Landschaft genießen, so lange es noch hell ist und von erfreulicheren Dingen reden."

Sechs Monate später war Konrad tot. Kurz zuvor hatte er sein Testament geändert. Kerstin und Thorsten erhielten das Recht, sein herrliches Haus in Sardinien zu bewohnen. Bis ans Ende ihrer Tage.

Bei der Testamentseröffnung war Thorsten an ein Zitat des bekannten Märchenerzählers Hans Christian Andersen erinnert: *Das Leben ist das schönste aller Märchen, denn darin kommen wir selber vor.* Märchenhaft war auch sein bisheriges Leben gewesen. Und nach jedem, auch dem letzten wahrhaft niederschmetternden Abstieg, dem kein vorheriger glich, hatte sich sein Schicksal immer wieder auf unergründliche Weise zum Guten gewendet. Weder Aufstieg noch Abstieg waren unter seiner Kontrolle gewesen.

Einige Wochen nach ihrem Einzug – Thorsten saß in kurzen Hosen auf der Terrasse – erreichte ihn ein Anruf von Peter Pontiak. Gewohnt enthusiastisch bot er Thorsten an, als Sprecher an einem großen Festival in der Münchner Olympiahalle teilzunehmen. Die bekanntesten Motivationstrainer der Welt würden zum ersten Mal gemeinsam auftreten und sie alle zusammen seien zu der Meinung gelangt, der einstmals so erfolgreiche Kollege solle die Chance zu einem Neubeginn erhalten. Thorsten brachte seine Freude über den Anruf zum Ausdruck, dankte für die Einladung, lehnte jedoch freundlich ab.

Das große Geld, Beifall, Ruhm, Ansehen, Öffentlichkeit – all das reizte Thorsten Klüwer nicht mehr. Er liebte es, mit einzelnen Menschen zu arbeiten und ihnen das zu vermitteln,

was sie in ihrer speziellen Situation brauchten. Nun erfüllte sich Breuers Traum: Thorsten holte die Lämmer einzeln vom Steilhang herunter.

Immer wieder kamen ihm die letzten Worte Konrads in den Sinn: „Wenn dieser verdammte, unselige Ehrgeiz nicht gewesen wäre, ich hätte ein ganz anderes Leben gelebt." Konrad hatte recht gehabt. Und wer weiß, ob er seine unbefriedigende Rolle, die seiner Leidenschaft zum Schreiben im Wege stand, nicht früher abgelegt hätte, wäre ihm bewusst gewesen, dass es im Leben nicht darum geht, jemandem – und sei es sich selbst – irgendetwas zu beweisen. Andererseits schien es Thorsten unvermeidlich, Ehrgeiz auszuleben, solange er einen trieb, selbst wenn er sich am Ende als unselig herausstellte. Er hatte es ja selbst erfahren. Es schien eine der Rollen zu sein, die einem das Leben auf geheimnisvolle Weise zuwies. Und es galt, sie alle, alle zu spielen; solange zu spielen, bis man das Leben selbst als Spiel zu durchschauen vermochte. Als ein Schauspiel, das sich sozusagen von selber spielt. Ohne jemandem, der es inszeniert und choreographiert. Obgleich kein Autor es einfallsreicher schreiben und kein Regisseur optimaler choreographieren konnte als das Leben selbst. Wer sich dem ihm zugedachten Rollenspiel jedoch hingeben konnte, ohne zu glauben, er selbst könne darüber entscheiden, wo er ankommen würde oder gar ankommen müsse, der war angekommen. Seltsamerweise genau da, wo er sich bereits ganz zu Beginn der Reise befand. Denn es gab weder einen Weg noch ein Ziel.

Nur das Spiel.

Kerstin hatte sich Thorsten genähert, beugte sich zu ihm hinab und umarmte ihn zärtlich. Eine frische Brise vom Meer her wehte ihm ihre langen, blonden, wundervoll duftenden Haare ins Gesicht. Ach wie sehr er sie doch liebte! Er ergriff Kerstins Hand und drückte sie fest. Schweigend verharrten sie Wange an Wange in der Umarmung und genossen in der Abgeschiedenheit der malerischen Landschaft den Anblick der am Horizont blutrot versinkenden Sonne.

Werner Ablass war 7 Jahre im mittleren Management der Beiersdorf AG tätig, bevor er sich 1994 als Verkaufs- und Managementtrainer erfolgreich selbstständig machte. Er trainierte Verkäufer, Vertriebsleiter, Key-Account-Manager, Geschäftsführer und Vorstände bekannter Markenartikel-unternehmen wie Osram, Deinhard, Sebapharma, McCain, Masterfoods, Merci, Lavazza. Seit 2004 arbeitet er als Autor und Coach, betreut vorwiegend Einzelpersonen und gibt Seminare, die er Luxustage nennt.

Weitere Informationen finden Sie auf der Webseite des Autors:

www.wernerablass.de

Für Feedback und Fragen nutzen Sie bitte diese E-Mail-Adresse:

coach@wernerablass.de

www.ingramcontent.com/pod-product-compliance
Lightning Source LLC
Chambersburg PA
CBHW050126030726
47505CB00007B/2061